THE PAINTED VEIL

W. Somerset Maugham

面纱

[英] 毛姆 著　罗鸣 译

SPM 南方传媒
广东人民出版社
·广州·

目 录

“……那些活着的人们称之为生活的华丽面纱。”

自 序

这个故事的灵感来源于但丁的诗句：

Deb, quando tu sarai tomato al mondo,
E riposato della lunga via,
Seguito il terzo spirito al secondo,
Ricoiditi di me, che son la Pia:
Siena mi fè ; disfecemi Maremma:
Salsi colui, che, innanellata pria
Disposando m'avea con la sua gemma.

“喂，等到你返回人世，
解除了长途跋涉的疲劳，”
第三个精灵紧接着第二个之后说道：
“请记住我，
我就是那个皮娅，
锡耶纳养育了我，而马雷马却把我毁掉，
那个以前曾经取出他的宝石戒指，
并给我戴上的人，
对此应当知晓。”

当时我还是圣托马斯医院的一名医学生，复活节假期给了我六个星期的时间。我把衣服塞进一只轻型旅行袋里，口袋里装上20英镑，就出发了。当时我二十岁。我去了热那亚和比萨，然后去了佛罗伦萨。在那里，我在劳拉大道租了一个房间，从房间窗户可以看到教堂的可爱圆顶。房主是一位寡妇，她和一个女儿（经过一番讨价还价后）还为我提供餐食，食宿一共是一天四里拉。我担心她并没有从中获利，因为我的胃口很大，我可以毫不费力地吞下一大堆通心粉。她在托斯卡纳山上有一个葡萄园，我记得她从那里拿来的基安蒂红葡萄酒是我在意大利喝过的最好的酒。她的女儿每天给我上一堂意大利语课。在我看来，她那时已经到了很成熟的年龄了，但我想她不会超过26岁。她遭遇了不幸。她的未婚夫，一名军官，在阿比西尼亚被杀，她立誓终身不嫁。因此自然而然地，在她母亲去世后（一位丰满、白发、快乐的女士，并不想在亲爱的主认为合适的前一天死去），厄西莉亚将献身宗教事业。但她高兴地期待着这一切。她喜欢开怀大笑。我们在午餐和晚餐时都很快乐，但她很认真地对待她的授课，当我发呆犯傻或注意力不集中的时候，她就会用一把黑色的尺子敲打我的指关节。幸亏她的举动总是让我想起我在书中读到过的那些迂腐的教育家，让我忍俊不禁，不然的话我肯定会因为被当作孩子般对待而感到愤怒的。

我过着勤劳辛苦的日子。每一天的刚开始，我会翻译几页易卜生的戏剧，这样我就可以掌握书写、对话的技巧；然后，我会一边拿着罗斯金[①]的书，一边欣赏佛罗伦萨的景色。根据书里的指示，我观赏了乔托塔和吉贝尔蒂的青铜门。我对乌菲兹美术馆里的波提切利的作品相当欣赏；作为极端年轻的人，我对大师不赞成的东西也嗤之以鼻。午餐后，我会上意大利语课，然后再次出去参观教堂，沿着亚诺河做白日梦。晚饭后，我会出去找刺激，但是由于我的纯真，或者至少是由于我的羞怯，我回来时总是像出去时一样纯洁善良。房主太太，虽然给了我一把钥匙，但只有当她听到我进门后闩上门时，她才会松一口气，因为她总是担心我会忘记做这件事。我又回屋里去阅读归尔甫派和吉伯林派的历史了。我痛苦地意识到，浪漫主义时代的作家不是这样生活的，尽管我怀疑他们中是否有人能靠20英镑在意大利度过六个星期，我非常享受我清醒而勤奋的生活。

我已经读完了《地狱》[②]（在一本译文的帮助下，但也认真地在字典里查阅了我不认识的单词），因此厄西莉亚开始给我讲

---

① 约翰·罗斯金（John Ruskin，1819—1900）英国艺术评论家、社会思想家和诗人。

② 但丁的《神曲》的其中一个部分，《神曲》共三部分，分别为《地狱》《炼狱》和《天堂》。

解《炼狱》。当我们谈到我上面引用的那一段时，她告诉我，皮娅是锡耶纳的一位贵妇人，她的丈夫怀疑她通奸，但是担心如果自己将她杀掉会引起她的家人的怀疑，所以他就把皮娅带到了他在马雷马的城堡里，他确信那里的一种有毒蒸汽会帮他如愿以偿；但很长时间之后她还没有死去，于是他变得不耐烦了，将她扔出了窗外。我不知道厄西莉亚是从哪里学到这一切的，在我自己的阅读笔记中但丁不是如此讳莫如深、旁敲侧击，但出于某种原因，这个故事深深地吸引了我。之后许多年，我都在脑海里反复思考它，有时还会思考个两三天。我常常对自己重复这句话：“锡耶纳养育了我，而马雷马却把我毁掉。”这使它也成了我幻想中的众多主题之一，在很长一段时间里我都想不起它。当然，我是把它看作一个现代故事，但是我想不出来在今天的世界中，这样的事件还可能会发生在什么样的环境中。直到我在中国做了一次长途旅行，我才发现了它在现代的位置。

我想这是我写的唯一一部从故事出发而不是从人物出发的小说。我很难解释人物和情节之间的关系。你很难在虚空中想象角色，当你想这个角色时，你会想到他在某些情况下，正在做一些事情。因此，人物和（至少是）他的主要行为在想象中是同时形成的。但在这本小说里，角色的选择需要符合我逐渐演变出来的故事，他们是由我在不同环境中长期认识的人所构成的。

我在这本书的出版过程中也遇到了一些作者容易遇到的困

难。我最初把我的角色们称为莱恩夫妇，这是一个相当普通的名字，但在香港似乎有姓莱恩的人。他们提起了诉讼，而我的小说连载的那家杂志的老板以250英镑的价格提出了和解，我也就把角色的名字改成了费恩。随后，当时的香港布政司大人认为自己受到了诽谤，威胁也要提起诉讼。我很惊讶，因为在英国，我们可以把首相、坎特伯雷大主教或大法官搬上舞台，或者把他们写作小说中的人物，而这些高级职位的掌权者一点也不会生气。我觉得奇怪的是，临时担任如此微不足道职位的人竟然认为自己是被诽谤的对象，但为了避免麻烦，我把香港改成了一个虚构的地Tching-Yen[①]。当这场事件发生并开始召回书时，这本书已经出版了。有一些精明的评论家收到召回信时，以这样或那样的借口并没有归还他们手里的书。这些书已经有了一定的收藏价值，我估计大约有60本这样的书，已经被收藏家以高价收藏起来了。

① 英文原著中的Tching-Yen后又改为了香港。

1

她惊叫了一声。

“怎么回事？”他问。

房门紧闭，屋里一片昏暗，他还是看出她脸上的恐惧和慌乱。

“刚才有人在推门。”

“哦，那可能是阿妈，或者是哪个男仆。”

“他们从来不在这个时候过来。他们知道我午餐后会睡上一觉。”

“那还能是谁？”

“沃尔特。”她低声说，嘴唇颤抖起来。

她指了指他的鞋子。他赶紧去穿鞋。她的惊慌失措让他也紧张了起来。偏偏鞋太紧了，他笨手笨脚地把脚使劲往里蹬。她焦急地叹了口气，递给他一个鞋拔又匆忙披上睡袍，光脚走到梳妆台前，用梳子整理好蓬乱的短发。他才刚穿好第二只鞋子。她把外套递给他。

“我怎么出去？”他问。

“最好先等一等。我去外面瞧瞧，没有什么事儿你再走。”

“不可能是沃尔特。他五点之前不会离开实验室的。”

“那还会是谁？”

他们低声言语。她浑身不停地颤抖着。他想，如果出现什么紧急情况，她肯定会吓得丢了魂儿的。他突然对这个女人生起气来，如果这样见面不安全，她之前干吗要说得那么有把握呢？她屏住了呼吸，抓住了他的胳膊。他顺着她的目光看过去，面前是通向门廊的窗户，窗户上垂着关好的百叶窗帘。突然，窗户把手上的白瓷旋钮竟然在慢慢地转动，却听不见有人在门廊上走动。他们惊恐地盯着这无声无息的转动。过了一会儿，窗外依然没有任何响动。紧接着，另一扇窗户上的白瓷旋钮也同样鬼鬼祟祟、无声无息地转了起来，令人毛骨悚然。这太可怕了，凯蒂忍不住要尖叫起来，他一把捂住了她的嘴，压住了叫声。

屋里一片寂静。她倚靠在他身上，双腿颤抖。他想，她不会要晕过去吧。他皱着眉头，紧绷着脸，把她抱起来，放在床上。她面无血色。他晒得黝黑的脸颊也透出一片惨白。他站在她身边，着魔似的盯着窗户上的旋钮。谁也不吭声。她哭了起来。

“看在上帝的分儿上，别这样。”他压着声音烦躁地说，“要是我们活该倒霉，就厚着脸皮认倒霉，那也没什么办法。”

她开始找手帕。他知道她在找什么，他把包递给了她。

“你的帽子呢？” 她问道。

“落在楼下了。”

“噢，天哪！”

“你听着，你得打起点儿精神。那不可能是沃尔特。他怎么会这个时候回来呢？他中午从来都不回家的，不是吗？”

“是的。”

“我敢跟你打赌，赌什么都行，那就是个阿妈。”

她有了一丝微笑。他深沉柔和的声音让她觉得安心。她拉着他的手，温柔地摩挲着。他暂时没说话，等着她冷静下来。

“听我说，我们也不可能一直待在这儿。现在你觉得你能走到门廊上去看看吗？”

“我想我还不行，我站不起来。”

“你这儿有白兰地吗？”

她摇了摇头。他的眉头一下子又拧了起来，心里越来越烦躁，不知道如何是好。突然，她握紧了他的手。

“要是他就等在外面怎么办？”

他努力挤出一点微笑，用轻柔体贴的语调说道，他确信自己的这种语调充满了说服力：“这不大可能。凯蒂，你仔细想想，那怎么可能是你的丈夫呢？要是你丈夫在大厅里看到一顶陌生人的帽子，上楼来又发现你的房间锁着门，他肯定会闹起来的。所以那一定是某个用人。只有中国人才会那样拧门把手。”

听了这些话，她确实感觉好多了。

转念一想：“即使只是个阿妈，也够难堪的。”

“我可以给她点钱，实在不行就吓唬她。当官没多大好处，但是我这个官职总还是能有点用处的。”

他一定是对的。她站了起来，转身向他伸出双臂，他把她搂在怀里，亲吻她的嘴唇。这样的感情让她意乱情迷，又惘然若失。她是如此的爱他啊。他松开了搂着她的手臂。她走到窗前，滑开窗栓，撑开一点点百叶窗条向外看了看。一个人影也没有。她悄悄走上门廊，看了看丈夫的更衣室，然后又看了看自己的起居室，空无一人。她回到卧室，向他挥了挥手。

“没人。”

“我觉得你就是看错了。”

“别笑。我可真吓坏了。你去我的起居室坐着吧。我先穿上长袜和鞋子。”

2

他听她的去了起居室。五分钟后，她也走进起居室。他点上了一根烟：“能给我一杯白兰地加苏打水吗？”

“我叫人给你拿一杯。”

“看起来，没发生什么会伤害到你的事儿。”

她按了铃，他们等着仆人来应答，谁都没有说话。

“你给实验室打个电话，问问沃尔特在不在。”她说，“他们听不出你的声音。”

他拿起电话，让总机把电话接去实验室。“请问，费恩医生在吗？”

他放下听筒，对她说：“他们说他午餐后没回实验室。你问问仆人，有没有人看见他回来了。”

“我可不敢。那样问太奇怪了，他回来了而我却没有看见他。”

仆人按照吩咐端来了饮料，查理·汤森德喝了起来。他让凯蒂也喝一点，她摇了摇头。

“如果真是沃尔特，我该怎么办呢？”她问。

“也许他不会在意。”

“你说沃尔特？”她并不确信他的判断。

“我总是觉得他很害羞。你知道，有些男人是受不了看见……呃……这样的场面的。但是，他应该有足够的理智，知道把事情闹开了也无济于事。而且我确信那不是沃尔特。好吧，就算是沃尔特，他也什么都不会做的。我想他会装作什么也没发生。”

她想了一会儿：“他非常爱我。”

“哦，那就再好不过了。你就有办法应付他了。”

他对她又露出了迷人的微笑，那舒缓的微笑从他清澈明亮的蓝色眼睛蔓延到线条优美的嘴唇上。他的牙齿小巧、洁白而整齐。这一抹微笑极其性感，她根本无法抵御。她的心都要融化了。

“我才不在乎呢，”她兴奋地说，“即使他知道了，我也觉得值得。”

“都是我的错。”

“那你为什么要来呢？你不知道我见到你有多惊讶。”

“我忍不住想见你。”

“喔，亲爱的。”

她斜靠向他，乌黑明亮的眼睛凝视着他，含情脉脉。她挑逗地微微张开嘴。他一把将她搂住。她欢喜得舒了口气，沉醉在他的臂弯里。

“你知道的，你可以依靠我的。”他说。

“跟你在一起我真的很快乐。我希望我也让你感到了一样的快乐。”

“你还害怕吗？”

“我讨厌沃尔特。”她回答。

他不知道该如何应答，于是一个劲儿地吻她。她柔软的脸颊紧紧贴着他的脸。

可是，他抬起她的手腕，手腕上戴着一块小金表，他看了看时间。

“你知道我现在要做什么吗？”

“溜走？”她笑着说。

他点点头。她一下子把他抱得更紧了，但是她意识到他真的想走。她松开手臂：“你这样怠工太丢人了。快点儿走吧。”

他总是忍不住要跟她调情。

“看来，你迫不及待地要把我赶走咯。”他轻佻地说。

“你知道我舍不得让你走的。”她的声音低沉、认真。他得意地笑了起来。

“你这漂亮的小脑袋瓜别再担心我们的神秘访客了。我敢保证那就是个阿妈。而且如果真有什么麻烦，我也会帮你的。”

“你有很多经验咯？”

他沾沾自喜地说：“那倒没有，但说句大言不惭的话，我肩膀上这个脑袋还是很精明的。”

3

凯蒂出了起居室，走到门廊上，目送查理离开。他一面走着，一面向她挥手。凯蒂望着他，心里不免有些激动地怦怦直跳：虽然他已经 41 岁了，但还是保持着轻盈的身躯和敏捷的步伐，就跟小伙子一样。

日头偏西，阳光逐渐从门廊上退去。凯蒂懒洋洋地在门廊上漫步徘徊，想到她和查理真挚笃定的爱情，她觉得日子也变得安逸舒适了起来。凯蒂和丈夫沃尔特·费恩的房子坐落在跑马地的半山腰上，他们可住不起条件更好、价格昂贵的山顶豪宅。但她这会儿却心不在焉、两眼出神，既看不到蔚蓝的大海也注意不到港口里停泊的船只，她满心满眼里只有她的情人。

他们今天下午这样冒险自然是愚蠢至极，但是当他需要她的时候，她还怎么顾得上谨慎行事呢？再者，查理已经在午餐之后的这个时间里来过两三次了，都没有出岔子。这是一天中最热的时候，骄阳似火，把所有人都驱赶进了室内，所以没有人看到过查理，连男仆们都没撞见他进出这座房子。在香港要做到这一点是非常困难的。凯蒂讨厌这座中国城市。她和查理曾经约在维多利亚路附近的一家古董店见面，但每次走进那座肮脏的小房子都让她心神不宁。坐在店门口的中国人盯得她难受；满脸堆笑讨好她的店老板也令她生厌。每次都是店老板领着她到店堂的后面，爬上一段昏暗的楼梯，最后把她带进一个满屋霉味、邋里邋遢的房间。房间里，靠墙放着张大木床，这床让凯蒂不寒而栗。

“这儿也太脏了，不是吗？”她第一次在这里跟查理幽会时，忍不住抱怨他说。

“你一进来就不一样了。”他回答说。

当然了，当查理把她一把抱在怀里的时候，她把一切都抛诸脑后了。

唉，她不是自由之身，他们两个都不是自由之身，不能自由来往，这太可恨了！她不喜欢查理的妻子。凯蒂飘忽不定的思绪现在又停留在多萝西·汤森德那里。叫多萝西真够不幸的！这个名字就暴露了她的年龄。她起码已经38岁了。但查理很少在凯蒂面前提起过她。当然了，他根本不在乎她；她都快把查理烦死了。但他是个绅士，对待这种事情还是保持一种绅士的态度。凯蒂含情脉脉的微笑里带着一丝嘲讽：他就是这样，幼稚可笑的老家伙；查理也许对妻子不忠，但绝不会说一句诋毁轻视她的话。多萝西是个高个子女人，比凯蒂还高，既不臃肿也不消瘦，有一头浓密的浅棕色头发；随着青春的美好逐渐逝去，她不可能再有什么吸引人的地方了；她的容貌平平，并不出众，两只蓝眼睛冷冰冰的；她的皮肤既不诱人，脸颊也黯淡无色；她穿得就像……就像她的身份，一个香港助理布政司的妻子。想到这里，凯蒂笑了笑，微微耸了耸肩。

当然，没有人能否认多萝西·汤森德的嗓音优美动听。她是一个充满慈爱的母亲，查理总是提到这一点。她就是凯蒂的母亲所说的“有教养的淑女”，但是凯蒂不喜欢她，不喜欢她轻松随意又漫不经心的举止；如果你在多萝西·汤森德家喝茶或吃饭，她对你的彬彬有礼也让人十分恼火，因为你不由得感到她对你心不在焉、毫无兴趣。凯蒂猜想，除了她自己的孩子，她谁都不会放在心上。他们一共有三个男孩，两个大的在英国上学，还有一个6岁的小儿子现在养在身边，但是她明年也要把他送回英国。她的脸就像一直戴着一张假面具。她面带微笑、彬彬有礼、说着令人愉快的又合乎身份的话，但她的全副热情都将人拒之千里之外。她在香港有几个密友，她们对她都佩服得五体投地。凯蒂觉得汤森德太太有点瞧不起自己、觉得自己有点平庸。想到这里，凯蒂一下子脸红了。管她呢，多萝西·汤森德可没有理由摆架子。她的父亲确实曾是一位总督，在位时必然是风光无限、人前显赫——当他走入房间时，每个人都会站起来致敬；当他乘车经过时，所有人也都脱帽致意——但还有比已经退休卸任的总督更微不足道的人吗？多萝西·汤森德的父亲现在靠着养老金度日，住在伯爵宫的一所小房子里。如果凯蒂邀请多萝西·汤森德到家里做客，凯蒂的母亲也一定会觉得是件无聊、讨嫌的事。凯蒂的父亲伯纳德·加斯汀，可是王室法律顾问，说不定哪一天就升任为法官了。不管怎样，凯蒂一家是住在南肯辛顿的。

4

凯蒂是婚后随同丈夫来到香港的，她发现自己很难接受这样一个现实，她在这儿的社会地位是由她丈夫的职业决定的。当然，初来乍到的两三个月里，每个人对他们都很和善客气，他们几乎每晚都要应邀赴宴。当初他们去总督官邸赴宴时，总督把凯蒂当作新娘一般引入席间；但她很快就明白了，作为政府派驻的细菌学家的妻子，她并没有什么特别的影响力或重要性。这让她异常恼怒。

“这太荒谬了！”她对丈夫说，“真是别扭，这些人在英国根本就不值一提，跟他们待上五分钟都让人受不了。母亲做梦也不会想要请他们中的任何一个到我们家做客。”

“别烦恼了。”沃尔特说，“你知道的，这其实并不重要。”

“这当然不重要，这只能说明他们有多么愚蠢。我们在英国时，家里总是胜友如云、高朋满座，而现在我们在这里却被视若草芥。”

他笑着说：“从社交的角度来看，从事科学工作的人是没有存在的必要的。”

她现在是领教了这一点了，但当初嫁给沃尔特的时候她却并不知道。

“我可不知道原来被航运公司代理人邀请吃饭是那么好笑的事儿。”她笑着说，这样她说的话就不会显得势利了。

她故作轻松，但或许沃尔特还是听出了她弦外之音里对自己的责备。沃尔特握起了凯蒂的手，小心地抚摸着。

“我非常抱歉，亲爱的凯蒂，但别为这些琐事伤神了。”

“哼，我才不会为这些事情心烦呢。”

5

今天下午不可能是沃尔特，一定只是某个仆人，而他们根本无足轻重。那些中国仆人对主人家的事了若指掌，但是他们不会四处嚼舌根。

当凯蒂回想起窗户上白色瓷钮慢慢转动的样子时，她的心跳不免加快了一点。是啊，他们不能再这么冒险了。最好还是去古董店见面。他们在那里见面是绝对保险的，就算有人看见她走进古董店，也不会起疑。那家商店的老板知道查理的身份，他还不至于傻到得罪香港助理布政司。只要查理爱她，别的她还在乎什么呢?

她转身离开门廊，回到了起居室。她躺倒在沙发上，伸手去够茶几上的香烟，突然，她看见茶几上放着一本书，书上有一张折好的便条。她坐起身来，打开便条，只见上面用铅笔写着：

亲爱的凯蒂：

这是你想要的书。我准备给你拿去的时候，遇到了费恩医生，他说他正要回家，书他就顺道给你拿回去了。

她连忙按铃叫来了男仆，她问男仆，这是谁拿来的书，是什么时候放这儿的。

男仆回答道："夫人，是主人拿来放这儿的，在午饭以后。"

噢，那人肯定就是沃尔特了。凯蒂立刻给布政司办公室打去了电话，她要找查理。凯蒂把刚刚发现的事情告诉了查理。电话那头，他停顿了一下才回答。

凯蒂问道："现在我该怎么办呢？"

"我这边正在参加一次重要的会议。恐怕我现在不能和你说话了。我能给你的建议就是静观其变。"

她放下了听筒。她明白，办公室里不止他一个人，所以说话并不方便。他脱不开公事，但是她现在心里火烧火燎地着急。

凯蒂走到写字台旁坐下，双手托着脸，开始思考事情发展的各种可能性。沃尔特可能只是以为她在睡觉，睡觉的时候她没有理由不把门窗锁起来啊。她尝试回想她跟查理是否曾聊天，所以弄出了声响。不，肯定没有，他们肯定没有大声地说话。还有那顶帽子。咳，查理怎么就会把它落在了楼下呢。但现在责怪他也没有什么意义，帽子放在楼下本来就是很自然的事情，而且也没有迹象表明沃尔特注意到了帽子。说不定，他来去匆匆，只是把书和便条放下就走了，就去参加某个跟工作相关的会议了。奇怪的是，沃尔特竟然会试图推开门，然后还去试图开窗户。因为，如果沃尔特以为她在睡觉，是不会来打扰她的。啊，她感到她真是个傻瓜！

她身上微微一震，又一次感到一阵心酸的甜蜜涌上心头。每每想到查理，这种感觉便油然而生。这一切都是值得的。查理说过，假如发生什么事，他也会站在她这边、支持她，如果情况越来越糟，那么……哼，如果沃尔特要大吵大闹，那就悉听尊便吧。她有查理，她还在乎什么呢？也许叫沃尔特知道了倒是好事。自从爱上了查理，她就再也不把沃尔特放在心上了，甚至对还要接受丈夫的爱抚感到厌烦和恶心。她不想再和沃尔特有任何关系。他也不可能能拿出什么证据来证明什么。如果他指责她，她就矢口否认；如果事情发展到她再也无法否认的地步，那么，她就会把真相甩到他脸上，让他自食其果。

6

结婚不到三个月，凯蒂就知道自己跟沃尔特结婚是犯了一个大错。这也是她母亲犯的错误，更准确地说，她母亲的错比她的还要大，缔结这样的婚姻都要怪母亲。

起居室里挂着一张母亲的照片。这会儿，凯蒂焦虑不安地看着它。她不明白为什么自己要把它挂在那里，她明明不喜欢她的母亲。家里也有一张她父亲的照片，摆在了楼下的大钢琴上面。那是他被任命为王室法律顾问的时候拍的，照片里父亲戴着假发、穿着长袍，但是这些象征地位的装饰也没能让他看起来威风神气。他是个瘦小、干瘪的男人，眼神萎靡，狭长的上嘴唇让他的嘴看起来更加薄。当初拍照的时候，那位爱说笑的摄影师让他做个愉快的表情，结果他成功地让自己看起来更加严肃了。恰好加斯汀夫人认为这样耷拉的嘴角和沮丧的眼神给了他一种略显忧郁的气质，让他看起来更像法官，于是特意在样片中选中了这一张。母亲自己的照片里穿着她陪同父亲去王宫接受王室法律顾问的任命时穿的衣服。她挺直了身子，天鹅绒礼服让她显得雍容华贵，长长曳地的裙裾、高耸发间的羽毛和绽放手中的花束无不极力彰显她的气度。母亲年逾五旬，扁平干瘦，但是颧骨高耸，鼻子挺直而优美。她有一头丰盈光滑的黑发，凯蒂一直怀疑，她的发色如果不是染出来的，多少也做过一些修饰。母亲最引人注目之处，就是她那双漂亮的黑眼睛，它们从不停歇，总是滴溜溜地转。面对她那张冷漠、薄情、蜡黄的脸，看着那双左顾右盼的眼睛，你着实会感到不知所措。它们会从你的脸上溜到你的身上，然后溜到房间里的另一个人身上，再溜回你身上。你会觉得，她时时刻刻在评判你、定义你，同时观察着周围发生的一切。你会觉得，她嘴上说的和心里想的毫无联系。

7

加斯汀太太是个冷酷、残忍、运筹帷幄、野心勃勃、节俭吝啬又愚蠢乏味的女人。加斯汀太太出生于利物浦的一个律师家庭，家里还有四个姐妹。伯纳德·加斯汀在参加北部巡回法庭工作时曾见过她。那时候，他看起来好像是个有前途的年轻人，加斯汀太太的父亲还说他的事业会更上一层楼。但是他并没有。伯纳德·加斯汀刻苦、勤奋、能干，但他没什么进取心去更上一层楼。加斯汀太太因此看不起他。但她还是痛苦地意识到，太太们只能通过丈夫的成就才能取得成功，因此她决定亲自督促丈夫在自己想走的道路上奋蹄。加斯汀太太会毫不留情地唠叨丈夫，因为她发现，如果她想让丈夫去做一件令他反感抵触的事，她就不能让他获得片刻的安宁，只有这样，他最后才会因为精疲力尽而屈服。在她自己这边，加斯汀太太致力于培养与那些可能有用的人的关系。那些会给她丈夫带来接案资源的律师，以及他们的太太是她奉承熟络的对象；法官，以及他们的太太是她谄媚迎合的目标；有前途的政治家们更是受她青睐。

25年来，加斯汀太太从来没有因为喜欢某个人而邀请他到家里吃饭。她定期举行大型晚宴。但是，她的吝啬和她的野心一样强大。她讨厌花钱。她时常自夸地说，自己的宴会和别人的宴会一样盛大，但是花费却只有别人的一半。加斯汀太太的晚宴精心策划、时间冗长却又俭朴实惠。她不相信当人们在吃东西和说话的时候，还有精力关注自己喝了些什么。所以她用餐巾精心包裹起泡的摩泽尔白葡萄酒，这样客人们就会以为他们在喝香槟了。

伯纳德·加斯汀和别人合伙开了一间律师事务所，规模虽然不大，但是也还说得过去。当那些在律所名称的排位上本来排在加斯汀先生后面的人纷纷超过他的时候，加斯汀夫人去让他竞选议会议员。但是在竞选费用的问题上，她的吝啬又阻碍了她的雄心壮志。参选的费用本该由竞选人承担，但是加斯汀太太总不舍得把讨好选民的钱花到位。作为本应该挥金如土的竞选人，伯纳德·加斯汀先生的竞选经费总是差了那么一点点。他不出所料在竞选中被击败了。加斯汀太太当然对能成为议会成员的太太心向往之，但是她还是以坚忍不拔的精神承受住了失败带来的失望。加斯汀先生的参选活动使她接触到了许多显要的人，她很看重这些关系能够为她带来的社会影响。她知道伯纳德永远不会在下议院里崭露头角，所以她才只是想让他去竞选两三个冷门席位、成为议会一员，这样他就可以名正言顺要求政党对他聊表谢意了。

但伯纳德·加斯汀一直困在初级律师的职位上，许多比他年轻的人都陆续获得了王室法律顾问的资格。所以，伯纳德·加斯汀也有必要去争取这一资格，这不仅是为了他将来就任法官铺路，也是为了他的太太。加斯汀太太竟然要跟在那些比她小十岁的女人后面步入宴会，这简直是奇耻大辱。但是在这个问题上，她又与加斯汀先生的固执狭路相逢，无论过去多少年，她都无法习惯这种固执。加斯汀先生担心皇室法律顾问的头衔会妨碍他接案。他劝她，一鸟在手胜过百鸟在林。她立刻反驳说，谚语是精神贫瘠者最后的避难所。他提示她，他的收入可能会因此减半，他知道收入的考量对她来说极其重要。但是这次，她已经视金钱如粪土了。

她指责他懦弱胆怯，唠叨得他没有片刻的安宁，最终，伯纳德·加斯汀再次因为精疲力尽而屈服。他申请了王室法律顾问的职位，并很快就得到了允准。

后来，加斯汀先生的担忧都一一实现了。他在成为法官的路上尺寸未进，接案数量却日渐稀少。但是他完美地掩饰了自己的失望，哪怕是对妻子的责备，也深深地埋在了心里。他也许变得更沉默了一些，但是他在家里本来就很沉默，所以没有人注意到了他的些微变化。他的女儿们只把他当作经济来源，为她们提供住宅、美食、衣服、假期和零花钱，为此他理应像狗一样辛苦工作和生活。而现在，当女儿们意识到由于他的过错，家里的钱不再充裕了，她们对他的漠不关心里便增添了一种饱含恼怒的蔑视。

她们从来没有想过，这个驯服温顺的小个子男人会想些什么。他一大早出门，很晚才回家，进家门之后的时间仅仅来得及换好衣服吃晚饭。他对她们来说简直是个陌生人，但因为他是她们的父亲，她们理所当然地认为他应当爱护她们和珍视她们。

8

但是，加斯汀太太身上也有一种勇气，这种勇气本身是令人钦佩的。加斯汀夫人身边的人构成了她眼中的全世界，因此她不会让这些身边的人发现她因希望的破灭而郁积的苦闷。她的生活方式完全没有改变。经过精心的筹划，她能像之前一样举办华丽的晚宴；经过自我的陶冶，她能像之前一样明媚愉快地款待朋友。加斯汀太太迅速地学会了她所身处的那个圈子里那种冷酷无情又轻率肤浅的谈话方式。让她作为一位客人加入到那些不容易闲聊的人里面特别见效，她从不畏惧全新的话题，总是能够基于适当的观察来打破谈话中尴尬的沉默。

现在看来，伯纳德·加斯汀不太可能被任命为高等法院的法官，但他可能仍然有可能得到一个郡法院的法官职位，或者最差也能得到一个殖民地的职位。同时，加斯汀太太也对他被任命为威尔士某个市镇的首席法官而感到满意。现在，她把希望又寄托在了女儿们身上。加斯汀太太希望通过为女儿们安排美满的婚姻来弥补她在事业上所承受的失望。加斯汀太太有两个女儿，凯蒂和多丽丝。多丽丝没有过人的相貌，她的鼻子太长了，身材也很臃肿。因此，加斯汀太太对她的期望也就仅限于嫁一个匹配行业、生活富足的年轻人了。

凯蒂却是个美人。当她还是个孩子的时候，她就展现出相当的美貌。她肤若凝脂、明眸皓齿，一头润泽丰盈的棕色卷发混合一点柔和的淡红色。但是凯蒂的美貌很难持久，因为她的下巴太方，鼻子太大（虽然没有多丽丝的长），而现在这些缺点都暂时被青春年少所掩盖。加斯汀太太意识到凯蒂必须在初初绽放时就嫁出去，这样她就仍然是光彩夺目的新娘：她的皮肤仍然是最美丽的，长长的睫毛下眼睛忽闪忽闪，眼波流转之际仍然动人心魄。凯蒂有一种迷人的欢愉性情和自我取悦的强烈欲望。加斯汀太太把她能够赋予的全部感情，一种混杂着严厉、强硬和深谋远虑的复杂感情，都倾注在了凯蒂身上。加斯汀太太雄心万丈地规划着凯蒂的婚姻，那是一个用美好已经无法形容的婚姻，那是一个辉煌灿烂的婚姻。

凯蒂虽然并不确信母亲会美梦成真，但是她从小就知道她将成为一个美丽的女人。出落成美人也是她自己的愿望。凯蒂被母亲带着四处招摇。加斯汀夫人在获得舞会邀请方面总有过人之处，只要那些舞会上有适合女儿相看的男子。凯蒂在舞会上大获成功。她既漂亮又有趣，很快就有十几个男人爱上了她。但没有一个是合适的。凯蒂在对他们所有人展现迷人和友好的同时，也要确保自己对任何人都未有允诺。每个星期天下午，位于南肯辛顿的加斯汀一家的客厅里便挤满了多情的年轻人，但加斯汀太太却发现她根本不必亲自出马让他们与凯蒂保持距离。这点观察发现让加斯汀太太很是满意，她总是带着一副赞许的、严肃的微笑一同坐在客厅里。凯蒂胸有成算，她和所有人调情，穿花点水般挑拨着他们。但是当他们逐个向她求婚时，她却机智而果断地一一拒绝。

凯蒂在第一年社交季里没有遇到完美的求婚者，第二年社交季也没有；但她还年轻，还等得起。加斯汀太太告诉她的朋友们，她认为女孩在 21 岁以前结婚是一件令人惋惜的事。但是，第三年过去了，接着，第四年也过去了。两三个之前的崇拜者再次向凯蒂求婚，但他们还是身无分文；一两个年轻的男孩向她求婚，但他们比她还年轻；一位退休的印度骑士指挥官也向她求婚，但他已经 53 岁。凯蒂仍然积极参加各种舞会，她的足迹遍布网球赛和板球赛、赛马会和赛船会。她玩得十分尽兴，但仍然没有一个地位和收入都令人满意的人向她求婚。加斯汀太太开始感到不安，因为她注意到凯蒂的身边开始出现四十岁以上的男人了。她提醒凯蒂，再过一两年，她就不会再这么漂亮了，而新的社交季总是能迎来新的年轻姑娘们。加斯汀太太在家里更是直言不讳，她尖刻地警告女儿，她会错过她的最佳时机的。

听到这种话，凯蒂总是不以为意地耸耸肩。她确信自己还和以前一样漂亮，也许是比以前更漂亮了，因为她在过去的四年里学会了穿衣打扮。她有足够的时间。如果她只是为了结婚而结婚的话，那么之前就已经出现了十几个合适的男性了。凯蒂相信真命天子迟早会出现的。但是，加斯汀太太对当前情况的判断更为精明，她把自己对凯蒂未来婚配的标准降低了一点。她也对此充满了愤怒，因为眼见着漂亮女儿正在坐失良机。加斯汀太太不得不回到她曾经不屑一顾的专业人士圈子，希望能够找到一位年轻有为的、能够帮她重拾希望的律师或者商人做快婿。

到25岁时，凯蒂还没有结婚。加斯汀太太对此大为光火，她也经常毫不迟疑地向凯蒂倾倒她的不满。加斯汀太太问她，她还指望父亲养她多久。为了给她提供斩获辉煌婚姻的机会，她已经花了太多的钱，而她竟然没有抓住任何机会。加斯汀太太从来没有想过，是不是她自己那种冷酷无情的和蔼可亲吓跑了那些有钱人的儿子和贵族头衔的继承人，她每每对他们的来访都表现出过于的热情和过于的鼓励。她把凯蒂的失败都归咎于凯蒂的愚蠢。后来，多丽丝也进入了社交界。她的鼻子还是很长，身材依旧臃肿，跳舞更是糟透了。但是在她的第一个社交季里，她成功地和杰弗里·丹尼森订了婚。他是一位富有的外科医生的独生子，外科医生还在战争期间被授予了男爵爵位。杰弗里将会继承一笔可观的财富，以及一个头衔。男爵医生虽然并不算显赫，但老天爷啊，那毕竟是一个头衔啊。

凯蒂在恐慌中嫁给了沃尔特·费恩。

9

凯蒂认识沃尔特的时间很短，也没有怎么注意过他。直到他们订婚，凯蒂都想不起来他们第一次见面的时间和地点，后来他告诉她那是在朋友带他参加的一个舞会上。那个时候，她当然不曾注意过他，如果她和他跳了舞，那也只是因为她性情和善，愿意和任何一个邀请她的人跳舞。一两天后，在另一场舞会上，当沃尔特走过来和她说话时，她依然完全不认识他。之后，她才注意到，沃尔特出现在了她参加的每一个舞会上。

“你知道吗，我已经至少和你跳了十几次舞，现在你必须告诉我你的名字了。”她终于用她惯用的方式笑着对他说。

他显然吃了一惊。

“你是说你还不知道吗？有人向你介绍过我的。”

“哦，但是人们总是容易说话含含糊糊的。如果你现在也不知道我是谁，我一点都不会觉得奇怪。”

他笑了。他相貌严肃，甚至有点严厉，但他的笑容却很亲切。

“我当然知道你是谁。”他沉默了一会儿，接着问：“之前你不好奇我是谁吗？”

“和大多数女人一样充满好奇。”

“你就没想过问问别人我是谁？”

她觉得有点好笑，为什么他会以为她会对他感兴趣呢？但是她一向喜欢取悦他人，所以她绽开了灿烂的微笑，带着一种迷人的亲切，用秋水般的眼睛望着他。

“好吧，那你究竟是谁呢？”

“沃尔特·费恩。”

她不明白他为什么来参加舞会，他跳舞跳得又不太好，而且看起来他似乎不太认识别的人。她也闪过这样的念头，他爱上了她；但她耸了耸肩，打消了这个念头。她知道有些女孩会认为她们遇到的每个男人都爱她们，这太荒谬了。但是她还是多留意了沃尔特·费恩一点。他显然不像其他爱上她的年轻人那样。那些人中的大多数都坦率地向她求爱、向她索吻，很多人还真的亲吻了她。但沃尔特·费恩从不谈及他的感情，也很少谈论他自己。他相当沉默。这一点她倒不介意，因为她有很多话要说，而且她很高兴她可以用俏皮话将他逗笑。他说话的时候，并不显得愚蠢。他显然只是很害羞。他应该是常驻东方，现在是回伦敦休假。

一个星期天下午，他出现在了加斯汀一家在南肯辛顿的家里。那天一共来了十几个人，他坐了一会儿，有点不自在，然后就走了。加斯汀太太后来问凯蒂他是谁。

“我没注意到。是你叫他来的吗？”凯蒂问。

“是的，我在巴德雷家遇见他。他说他在很多舞会上见过你，然后我就说我星期天总是在家。” 加斯汀太太说。

“他姓费恩，好像在东方有个什么职位。”

“我知道，他还是个医生。他也爱上你了？”

“实话实说，我也不知道。”

“我还以为你现在终于能弄明白一个年轻人是否爱你了呢。”

“就算他爱上了我，我也不会嫁给他的。”凯蒂轻巧地说着。

加斯汀太太没有回答。她沉默因为饱含着怨怼而变得格外有力。凯蒂一下脸红了：她知道她母亲现在根本不在乎她嫁给谁，只要她能脱手这个女儿就行。

10

在接下来的一个星期里，凯蒂连续在三次舞会上遇到了沃尔特。现在，他的羞怯也许已经消退一点，所以他们稍微聊得多了一些。他是个医生，但他并不是给人看病行医的医生；他是一名细菌学家（这个名称对凯蒂而言只有一个非常模糊的概念，她知之甚少），他在香港工作。他打算秋天的时候回香港。他谈了很多关于中国的事。尽管凯蒂能够表现出对别人跟她说的任何事都感兴趣的样子，但事实上，她真的对香港的生活感到有趣，那里的日子听起来相当愉快，因为那里也有俱乐部、网球、赛马、马球和高尔夫。

“人们在那儿也常常跳舞吗？”

“是的，我想是的。”

凯蒂不知道他告诉她这些事是否意有所指。他看起来似乎喜欢她的社交圈子，但是他同样看起来只是把她当作一个会在舞会上遇见并共舞的普通女孩，他的一举一动、一言一行都没有透露出另外的意图。之后的一个星期天，他又到加斯汀家拜访。碰巧那天下雨，加斯汀先生不能出门打高尔夫球，所以也来到了会客厅。加斯汀先生和沃尔特·费恩聊了很久。沃尔特告辞后，凯蒂问她父亲他们都聊了些什么。

“他似乎长驻香港。说起来，香港的首席法官还是我在法院的一位老朋友。他应该是个非常聪明的年轻人。”

凯蒂知道她父亲通常对那些追求她们的年轻人厌烦至极，但是为了她和她妹妹的缘故，父亲多年来不得不被迫款待他们。

“父亲，您不讨厌一个追求我的年轻人可真难得。”凯蒂说。

加斯汀先生用他那双慈爱、疲惫的眼睛看着凯蒂。

“你有可能嫁给他吗？”

“当然不会。”

“他爱你吗？”

“他完全没有任何表示。”

“那你喜欢他吗？”

“我想我不怎么喜欢他，他有点儿烦人。”

沃尔特根本不是她喜欢的类型。他个子矮小，并不强壮，可以说还有点瘦削；他皮肤黝黑，并不蓄须，轮廓整洁分明但实在平常得很。他的眼睛近乎黑色，但并不大，眼神充满好奇，但并不使人觉得愉快。他常常目光沉滞地以一种独特的专注盯着某处。他本来应该是好看的，毕竟他还长着挺直而精致的鼻子，饱满的额头和匀称的嘴，但他偏偏就不好看。当凯蒂想起他时，总是很讶异，那些部分拆开来看都很好看，但是偏偏组合在一起就变了模样。他的表情总是略带着讽刺，现在凯蒂对他更了解了一些，她也更感觉到和他在一起的不自在，这是一个没法让人感到欢乐的人。

到这个社交季快结束的时候，他们已经见过很多次面了，但沃尔特还是一如既往地孤僻而冷淡。跟凯蒂在一起的时候，他倒是表现得不很害羞了，但取而代之的却是尴尬。他的谈话仍然出奇地不近人情。于是，凯蒂得出了这样的结论：他一点也不爱她。他也许喜欢她，喜欢跟她聊天，但当他 11 月回到中国后，他就再也不会想起她了。凯蒂觉得沃尔特完全有可能早已经在香港跟某个医院的护士订婚了，她也许是个牧师的女儿，性格沉闷、相貌平平、交际时蹩脚笨拙、干活时却精力充沛；那正是适合他的妻子。

也是在这个社交季快结束的时候，多丽丝宣布与杰弗里·丹尼森订婚。多丽丝，18 岁，已经有了如此体面的婚姻；凯蒂，25 岁，却还是单身。她是不是已经嫁不出去了？整个社交季里唯一向她求婚的人是一个还在牛津读书的 20 岁男孩：她总不能嫁给一个比自己小 5 岁的男孩吧。是她自己把事情搞得一团糟的。她几乎希望自己去年没有拒绝那个拖着三个孩子的丧偶的巴斯骑士了。她该怎么面对可怕的母亲啊，噢还有多丽丝，这么多年来为了凯蒂能够斩获金龟婿，多丽丝受了多少委屈啊，她一定不会放过这个机会幸灾乐祸一番的。凯蒂的心跌到了谷底。

11

但是一天下午，当凯蒂从哈罗德百货公司往家走的时候，她碰巧在布朗普顿路上遇到了沃尔特·费恩。他拦住了她，跟她闲谈了一会儿。然后，他漫不经心地问她，是否愿意一起去公园转转。虽然那个时候的公园并不是一个非常宜人的地方，但是她并不特别想回家，所以他们散着步向公园走去，一路上他们像往常一样闲聊着，他问她夏天要去哪里。

"噢，我们总是到乡下去过上一段隐居一样的日子。你知道，父亲总是为了工作精疲力尽，所以我们通常都待在我们能找到的最安静的地方。"凯蒂言不由衷地回答道。

凯蒂心知肚明，父亲能够接到的案子根本不足以使他感到疲惫，而且就算父亲真的工作繁忙，他的好恶也不会左右度假地点的选择。所谓安静的地方，就是便宜的地方。

"你不觉得坐在那里会很舒服吗？"沃尔特突然说。

顺着他的目光看过去，凯蒂看见树荫下的草地上有两把空着的椅子。

“我们去那儿坐会儿吧。”她说。

但当他们坐下以后，他似乎变得越来越心不在焉。他真是个怪人。不过，凯蒂仍然一面兴高采烈地喋喋不休，一面好奇地琢磨他为什么要她一起来公园散步，也许他是要向她倾诉他对那位蹩脚笨拙的香港护士的炙热感情。突然，他转向她，打断了她的话，她意识到刚才他一直都没听她讲话。他的脸一片煞白。

“我有话想对你说。”沃尔特说道。

她立刻看向他，他的眼里充满了痛苦的焦虑。他的声音紧张、低沉、微微颤抖。她还没来得及弄清楚这突如其来的焦虑不安是为了什么，他又开口了。

“我想问你的是，你是否愿意嫁给我。”

“我完全没有想到你会问我。”她惊讶地回答道，茫然地看着他。

“难道你不知道我已经深深地爱上你了吗？”

“可你从来都没有表现出来过。”

“我是个很笨拙的人。我总是觉得难以说出我想说的话，不说我不想说的话就简单多了。”

她的心跳开始加快了一点。之前她也时常有被人求婚的时候，求婚者或者轻松潇洒或者深情款款，然后她都会以同样的方式回绝他们的求婚。从来没有人用如此突兀的、充满了悲剧性色彩的方式向她求婚。

“你这么说真是让我受宠若惊。”凯蒂迟疑了起来。

“我第一次见到你就爱上了你。我之前也想告诉你，但我始终做不到。”

“我可不确定你现在选的这种表达方式就很完美。”她轻声笑道。

凯蒂很高兴能有个机会笑一笑，因为在这样晴朗的日子里，他们周围的空气却似乎充满了不祥的预兆。沃尔特一直紧锁眉头。

“哦，你是明白我的意思的。我不想失去我怀抱已久的希望，但现在你要离开伦敦去乡下，而到了秋天我就得回中国去了。”他说道。

“但是我从来没往那个方面想过你。”凯蒂无可奈何地说。

沃尔特一言不发，低着头，阴沉地看着草地。他真是个很古怪的人。但是现在，当他向她倾诉爱意时，凯蒂莫名地感到他的爱是她从来没有遇见过的。她有点害怕，但也很高兴，她隐约地觉得他冷漠的样子也是令人印象深刻的。

“你得给我些时间让我考虑一下。”凯蒂说。

沃尔特仍然一言不发、一动不动。难道在没有得到她的答复之前他就打算一直这么待着吗？那太荒谬了！她怎么着也得和她母亲商量一下吧。她刚才说话的时候就应该站起身来，她本来以为他会有所回答的，所以才坐着等着，可是眼下，她也不知道为什么，身体像灌了铅似的动弹不得。她没再看着他，但是眼前不禁浮现出他的样貌。她从来没有想过自己要嫁给一个只比自己高那么一点点的男人，一个在仔细端详之下面容如此英俊又如此冷漠的男人，一个内心充满了令人震惊的激情的男人。这太奇怪了！

“而且我不了解你，我一点也不了解你。”她不禁颤抖着说。

他看了她一眼，她一下被他的眼神吸引住了。那是一种她从未在哪双眼睛里见过的温柔，但那温柔里又掺杂着哀求，像被鞭打过的狗在乞怜，这使她有点恼火。

“我想我们已经算相处过一段时间了。”他说。

“但是你一直很害羞，不是吗？”

这无疑是她遇到过的最奇怪的求婚了。在她看来，他们现在的每一句对话内容都极不合理、匪夷所思。她一点也不爱他。她不知道为什么她还没有立刻拒绝他。

“我太愚蠢了。”他说，“我一直想要告诉你，我爱你胜过这世上的一切，但是这太难以启齿了。”

听到这样的话，凯蒂莫名地感到被触动了。这太奇怪了！他并不是真的很冷淡，他只是不幸地天生拥有这样的态度。在那一刻凯蒂比之前任何时候都喜欢他。多丽丝将于 11 月结婚。那时沃尔特正在回去中国的路上，如果凯蒂嫁给他，她就可以和他同行。在多丽丝的婚礼上当伴娘可不是什么值得期待的好事，如果能逃脱就太好了。想想看，到了那时候，多丽丝已经是一个已婚女人了，而凯蒂却还是单身！所有人都知道多丽丝正值青春，这会让凯蒂对比起来显得更老的。她会被所有人撇到一边的。对凯蒂来说，这不会是一个很完美的婚姻，但这至少是一个婚姻，而且住在中国也许能让凯蒂的婚姻生活更容易一些。她实在害怕她母亲的尖酸刻薄。和她同时步入社交界的其他女孩都已经结婚很久了，而且大多数都已经有了孩子；她早就厌倦了她去拜访时那些女孩总是滔滔不绝地说她们的孩子。沃尔特·费恩给了她新的生活。她转过身来对着他微笑，她很清楚这个微笑的效果。

“如果我鲁莽地说要嫁给你，你什么时候打算娶我呢？”

他高兴得倒吸了口气，苍白脸颊瞬间绯红。

“现在，马上，越快越好。我们可以去意大利度蜜月，在那儿度过八月和九月。”

这样凯蒂就不用和父母去租五基尼[1]一周的乡村牧师屋过夏天了。一瞬间，她仿佛已经看到《晨邮报》上登着这样的启事：“鉴于新郎必须返回东方供职，婚礼将会马上举行。”凯蒂很了解她的母亲，她一定会想方设法搞出一场轰动的婚礼，而至少在那个时候多丽丝只能是这场婚礼的背景。当多丽丝举办她自己的盛大婚礼时，凯蒂早已远走高飞了。

她向他伸出了手。

“我想我是很喜欢你的。但你得给我点时间让我多了解你。”

“所以，你的意思是，你愿意？”他迫不及待地打断了她。

“我想是的。”

---

① 英国旧货币名。

12

那时的凯蒂对沃尔特知之甚少，而现在他们已经结婚快两年了，凯蒂发现自己似乎越来越不了解这个男人。起初，她被他的善良所感动，被他的令人惊讶的热情所折服。他非常之体贴，非常之在意她的喜怒哀乐，总是全心全意地去满足她，哪怕是最微不足道的愿望或想法。他不停地送她各种小礼物。当她偶有不适的时候，他就成了这个世界上最温柔最周到最能悉心照顾她的人。当凯蒂需要沃尔特帮她处理一些无聊的、令人厌烦的事时，他总是欣然应允，反倒像是她帮了他一个忙似的。他对待凯蒂总是极度彬彬有礼。当凯蒂走进房间时，他总是立刻就站起身来；当乘车外出时，他总是为她开门扶她下车；在街上碰巧遇见她，他也会摘下帽子；当她离开房间时，他殷勤地为她开门；走进她的卧室或化妆室前，他总是先敲门。沃尔特对待凯蒂的方式并不像凯蒂所知的大多数男人对待他们的妻子那样，而是好像她是到乡间别墅做客的客人一般。这虽然也令人感觉愉悦舒适，但多少有点滑稽。如果他更随意一些，凯蒂也能觉得和他在一起更自在一些。

他们的婚姻关系没有拉近她和他的距离，沃尔特依然热情真挚、情感激烈，有时有些奇怪的歇斯底里，有时又多愁善感。

当凯蒂意识到沃尔特真的很情绪化的时候，她有一些不安。沃尔特对他的情绪化保持着自制力，但是凯蒂不知道那是由于天生的害羞还是由于后天的长期练习。当两人享受床笫之欢时，凯蒂依偎在他怀里，他的欲望得到了满足，他便开始用牙牙儿语讲起话来。凯蒂不免对他产生一些轻视，要知道，他是一个胆小怯懦而从来不敢天马行空、口出妄言的人啊。有一次她故意刻薄他，笑着说他这样说的是最可怕的脏话。她立刻感觉到搂抱自己的那双手臂变得软弱无力。他沉默了一会儿，然后一言不发地把她从怀里放到床上，起身走回了自己的房间。凯蒂不想伤害他的感情，一两天后她对沃尔特说："你这个愚蠢的老家伙，我其实并不介意你跟我胡说八道的。"沃尔特害羞地笑了。

凯蒂很快就发现，沃尔特没有尽情享受的能力，他总是显得格格不入。当聚会里的每个人都开始放声高歌时，沃尔特也没有办法主动加入他们。他只是微笑着坐在那里，表示他也很高兴很享受，但他的微笑看起来是那么勉强，那更像是一种幸灾乐祸的假笑，让人不由得觉得他认为那些自得其乐的人其实都是一群傻瓜。那些总是能让凯蒂玩得兴高采烈的游戏，沃尔特也都兴趣寥寥。在他们去中国的行程里，他也完全拒绝像其他所有人那样盛装出行，他显然认为整件事都很无聊，这使她很不高兴。

凯蒂却是个活泼的姑娘；她愿意聊个没完，也很爱笑。沃尔特的沉默经常使她不安。他有一个特别令她恼火的习惯，就是对她的闲聊不作回答。当然了，闲聊也并不一定需要回应，但有总比没有好吧。比如下雨了，凯蒂会说："雨下得真大啊。"她会希望他说："是的，难道不是吗？"但是他却一言不发。有时她都想上前去拽住他的胳膊。

"我说，雨下得真大啊。"凯蒂重复道。

"我听见了。"他答道，深情地笑着。

这表明他并非对凯蒂爱搭不理。他不说话只是因为他觉得没什么需要说的。但是如果必须得言之有物才能开口讲话的话，那么人类的语言能力恐怕早就丧失了吧，凯蒂想到这些不禁微笑了起来。

13

事实上，沃尔特毫无魅力可言。这也是他不受欢迎的原因，凯蒂来香港之后不久就发现他在此地也并不受欢迎。她对他的工作内容知之甚少，但依然足够让她清楚地意识到，在这个地方担任政府的细菌学家并不是什么了不起的事。他似乎不想和她讨论他生命中的有关于工作的那一部分。当凯蒂还对他的工作有兴趣的时候，她问过他，但是沃尔特用玩笑把她搪塞过去了。

只是他在另一个场合说过：“这工作枯燥乏味、技术性太强，而且工资太低了。”

沃尔特非常沉默寡言。凯蒂所知道的所有关于他的家族、出身、教育以及他遇见她之前的事情，都是通过直接的质问而获得的。奇特的是，向他提出问题这件事情似乎是唯一让他恼火的事情；每当她出于天生的好奇心，向他提出一连串问题的时候，他的回答就会变得越来越生硬。她很机智地发现，他不想回答，是出于某种天生的隐匿自己的习惯，他什么都想瞒着她。谈论他自己会使他感到厌烦，让他既害羞又不自在。他不知道如何敞开心扉。

但是他喜欢读书，虽然他读的书在凯蒂看来很枯燥。如果他不忙着写一些专业论文的话，他会读一些关于中国的书或历史著作。他从不放松、娱乐一下。凯蒂认为他根本做不到放松自己。他也喜欢游戏，比如网球和桥牌。

凯蒂也很想知道这样的男人为什么会爱上她。她想象不出有谁会比自己更不适合这个克制、冷静、沉着的男人。然而，可以肯定的是，他疯狂地爱着她，他愿意做任何事情来取悦她。

他对她百依百顺。当她想到沃尔特向她展示过自己不为人知的另一面时，她不免有点鄙视他。她很好奇，他那种讥讽的态度以及对她所喜爱的人和事的轻蔑的宽容，是否仅仅是一种伪装，来掩盖自己的某个严重的弱点。她知道他很聪明，其他人似乎也都认为他很聪明。但她觉得他实在无趣，除了偶尔和两三个他喜欢的人在一起，而且心情很好的时候。他还没有使她感到厌烦，但是他无法让她感到心动。

14

虽然凯蒂在各种茶会上都见过多萝西·汤森德，但她在香港待了几个星期之后才见到查理。她是在和沃尔特去汤森德家吃饭时才被介绍认识查理的。那次凯蒂心存戒备地来到汤森德家。查理是助理布政司，她可不愿意这位本地大臣用那种彬彬有礼、纡尊降贵的态度对待她，就像她在多萝西·汤森德身上察觉的那种态度。汤森德家接待客人的会客厅很宽敞，布置得跟凯蒂去过的所有香港的客厅一样，舒适而朴素。那是一次盛大的聚会。凯蒂和沃尔特是最晚到的，当他们走进去的时候，穿着制服、举着托盘的中国仆人送上了鸡尾酒和橄榄。汤森德太太用她一贯的随意放松的态度和他们打了招呼，然后看着一张单子告诉沃尔特今晚他要引谁入席。

凯蒂看见一个高大英俊的男人迎着他们走来。

“这是我丈夫。”汤森德太太向他们介绍。

“能够坐在您身边是我今天享受的特别优待。” 查理说。

凯蒂立刻感到一种舒适与安逸，心中的戒备也荡然无存。虽然他眼睛里满是笑意，但她还是从中捕捉到了一闪而过的惊讶。她完全明白这一点意味着什么，她不禁笑了起来。

“我以后怕是再也吃不下任何一顿晚餐了，”查理说，“多萝西，如果我预先知道这顿晚餐如此之美味，我恐怕就不敢来了。”

“为什么不敢呢？”汤森德太太问。

“应该告诉我的。真应该有人预先警告我的啊。”

“警告你什么？”

“没有人告诉过我，我怎么知道我会在今晚遇到一位如此令人惊艳的美人呢？”

“那么现在我该如何补救呢？”

“完全不用，让我继续夸夸其谈吧，我会不厌其烦地重复这些话的。”

凯蒂一直镇定自若地听着，好奇汤森德太太究竟是如何向丈夫介绍她的。查理一定问到过凯蒂。查理用他微笑的眼睛一直注视着凯蒂，突然想起了之前跟多萝西的对话。

“她长什么样？”当多萝西告诉他，见到了费恩医生的新婚妻子，查理问道。

“哦，是个漂亮的年轻姑娘，像个演员。”

“她是个演员？”

“哦，不，我觉得她不是。她父亲是医生还是律师什么的。我觉得我们得邀请他们来吃晚餐。”

“那也不着急，不是吗？”

当他们并排坐在桌边时，查理告诉凯蒂，他从沃尔特·费恩来到香港的时候就认识他了。

“我们一起打桥牌。沃尔特的桥牌绝对是俱乐部里面打得最好的。”

在回家的路上，凯蒂告诉了沃尔特，查理对他的评价。

“你知道，这没什么重要的。”沃尔特说。

“那他打得怎么样？”

“还不错。他拿到好牌时打得很好，但当拿的牌不好时，他就容易一败涂地。”

“他打得跟你一样好吗？”

“我对我的牌技没抱什么幻想。我自己差不多是二流选手里面非常优秀的。汤森德显然认为他属于第一流选手。但他恐怕不是。”

“你不喜欢他？”

“我既没有喜欢他，也没有不喜欢他。我想他在职位上干得还是不错的，而且每个人都说他是个优秀的运动员。我只是对他不感兴趣而已。”

沃尔特这种中庸节制的态度使她恼火不已，这已经不是第一次了。她不由得问自己，这么谨慎有必要吗？你要么喜欢一个人，要么不喜欢。她就非常喜欢查理。这是她一开始没想到的。查理可能是香港最受欢迎的人了。而且根据推测，布政司大臣很快就要退休了，每个人都希望查理能接替他。查理会打网球、马球和高尔夫，也热衷于赛马。他总是乐于助人一臂之力，不摆架子、没有官僚习气，也不让繁文缛节束缚住自己。凯蒂不明白自己为什么一开始听说这个人的时候会反感他，会觉得他一定是个很自负的人。她太傻了，这样一个人怎么会是一个自负的人呢。

那晚的聚会凯蒂过得很愉快。她和查理聊到了伦敦的戏院，聊到了阿斯科特的赛马会和考兹的帆船赛，聊到了她所熟悉的一切，所以她真的有可能曾经在伦诺克斯花园的某所漂亮房子里见过他。后来，当男人们吃完晚餐走进会客厅时，查理又走过来坐在了她身旁。虽然他没说什么逗趣的话，但还是引得她不住地笑，那一定是因为他说话的方式：他那深沉而浑厚的声音里充满了温柔亲切，他那和蔼而明亮的蓝眼睛里荡漾着愉快欢悦，这使你觉得和他在一起很自在。当然了，他也极具魅力，这让他如此的讨人喜欢。

在凯蒂的印象里，他个子很高，至少有 6 英尺 2 英寸，身体健硕结实、体型紧致健美，身上没有一丝的赘肉。他的衣品很好，是整个聚会上衣品最好的男人，着装体面、衣饰讲究。她喜欢打扮得精明干练的男人。她的目光转向了沃尔特：他真的应该在外表和着装上改善一下了。凯蒂注意到查理的袖扣和背心扣是她之前在卡地亚珠宝店见过的样式。当然，查理总有他自己的办法搞到这些好东西的。他的脸被太阳晒得黝黑，但两颊上健康的颜色并没有被肤色盖住。凯蒂喜欢他那细心打理、整齐精致的卷曲的小胡子，它掩盖不了他那丰满的红唇。他有一头黑发，留得很短，梳得油光水滑。当然了，他最好看的地方就是浓密眉毛下的那双眼睛了：它们是那么蓝，洋溢着充满笑意的温柔，这使人相信他性情也如此甜美，这使人相信有这样一双蓝眼睛的人是不会忍心伤害任何人的。

凯蒂不可能不知道她给查理留下了深刻的印象。就算他没有对她说那些迷人的话，他那充满赞美的炙热眼睛也早就背叛了他。他并不故作矜持节制，一直保持着随和安逸、令人愉快的态度。在这种氛围里，凯蒂如沐春风，她很欣赏他谈话的方式，在他们诙谐有趣的对话里，他总是时不时地影射出一句漂亮的奉承话。那天晚上，当凯蒂准备离开晚餐聚会，跟他握手时，查理握住她的手，另一只手又轻轻地按在了上面，凯蒂不会对这个行为的含义产生什么误会的。

“我希望很快就能再见到你。”查理漫不经心地说，但他的眼神赋予了他的话一种特别的含义，这含义凯蒂不可能不明白的。

“香港是个小地方，不是吗？”她回答道。

15

谁会想到在短短的三个月内，他们的关系就发展到这个地步了呢？查理告诉她，自从第一次在晚餐宴会上遇见凯蒂，他疯狂地爱上了她。她是他见过的这世上最美丽的事物。他记得她当晚穿的衣服，那是她结婚时穿的裙子，他说她就像山谷中一朵盛放的百合花。其实在他向她告白之前，凯蒂就知道他已经爱上她了。起初她有点害怕，不由得躲着他、把他拒之门外。但他攻势凶猛，让人难以抗拒。她不敢接受他的亲吻，因为一想到他用双臂搂着她，她的心就会开始狂跳。她从未真正恋爱过，但这爱情的感觉实在是太棒了。现在她知道什么是爱了，她突然对沃尔特给她的爱感到一种怜悯。她会开玩笑般地取笑沃尔特，然后看他也乐在其中。她过去也许还有点害怕他，但现在她有了更多的自信。她还是继续打趣他，看到他逐渐接受她的嘲笑并露出迟缓的微笑，她就觉得好笑。他也感到既惊讶又高兴。她想，总有一天，他也许会变得更有人情味儿一点吧。而现在，既然她已经品尝到了激情的滋味，那就使她更轻率地撩拨着他的情绪和感情，就像一个琴师用手指拨弄竖琴的琴弦一样。当她看到沃尔特困惑不解的表情时，她尤其觉得有趣。

当查理成为她的情人后，她和沃尔特之间的关系就显得极其荒谬了。看见这么一个又严肃又自制的人，她很难忍住不嘲笑他；但是她的满心欢愉又使得她不会过于刻薄地对待沃尔特。毕竟，要是没有沃尔特的出现，她也永远不会认识查理。在迈出最后一步、成为查理真正的情人之前，她也犹豫了一段时间，那倒不是因为她不想接受查理的热情，她自己对查理的热情也同样强烈，而是因为她的教养和她生活中所有的习俗使她感到害怕。但是事后（他们很意外地迈出了最后一步，他们并没有预先筹谋，机会却从天而降）她很惊讶地发现自己和之前没有什么不同。虽然她也不确定那会是什么，但是她原本以为做了查理的情人会使她身上发生一些奇妙的变化，使她变成另外一个人；但当她有机会在镜子里端详自己的时候，她很困惑地看着这个跟前一天没有什么不同的女人。

“你生我气了吗？”查理问她。

“我只知道我喜欢你。”她低声说。

“有没有觉得自己是一个小傻瓜，浪费了这么多时间？”

“是个十足的笨蛋。”

16

有的时候凯蒂几乎都感到无法承受现在的幸福，这幸福使她的美貌更加夺目。就在她结婚之前，25 岁的凯蒂开始逐渐失去她最为珍视的稚嫩青春，当时的她看上去又疲累又憔悴。有些刻薄的人说她已经无可挽救了。但是 25 岁的待字闺中和 25 岁的已为人妇是有着天壤之别的。未嫁之前，她就像一朵玫瑰花蕾，紧裹着的花瓣边缘已经开始微微变黄，然后突然间花蕾就盛放成了一朵娇艳欲滴的玫瑰。她那双星星般的眼睛更加明丽动人；她的皮肤（是凯蒂最引以为傲、也最小心呵护的皮肤）令人目眩神迷：人们总是以桃子或花来比拟美人，但凯蒂的美貌足以成为评判它们的标准。她像是又回到了 18 岁，容光焕发，仿佛身处于人生中最为美丽的时期。凯蒂的美艳变得更加不可忽视，她的女性朋友们友好地问她是不是怀孕了。那些曾经冷淡地评论凯蒂只是个长鼻子的漂亮女人的人们不得不承认自己的有眼无珠。正如查理第一次见到她的时候所说的那样，凯蒂是一位令人惊艳的美人。

查理和凯蒂巧妙地策划和安排着他们的私下往来。查理告诉她，自己在香港交友太多而且他身材高大、肩膀宽阔，很易被认出（“不许拐着弯儿炫耀你的身材。”她轻轻地打断了他的话），虽然对他来说这些无关紧要，但是为了她的缘故，他们不能冒哪怕最小的风险。他们不可能经常单独见面，查理抱怨他们见面的次数太少了，连他希望的一半都不够，但他必须要先考虑她。他们有时在古董店里见面，有时在凯蒂家，通常是吃过午饭、四下无人的时候；但她却经常在其他地方和场合见到查理。这种时候她总是觉得很好笑，因为查理会用他那种一如既往的开朗快乐的态度跟她说话，显得既拘谨正式又一视同仁。当其他那些人听着查理用他那迷人的幽默跟她玩笑时，谁又能想到他不久之前还热情地把她搂在怀里呢？

凯蒂对查理饱含着崇拜之情。他打马球的时候会穿上漂亮的靴子和白色的马裤，显得伟岸潇洒。他打网球的时候会穿上漂亮的网球衣，又显得青春活力。他有着凯蒂所见过的最优美健硕的身材。当然了，他肯定也为自己的身材感到骄傲，所以煞费苦心地保持着它。他从不吃面包、土豆或者黄油，而且每天坚持做大量的运动。凯蒂也喜欢他对双手的保养，他每周修一次指甲。他是一名出色的运动员，一年前还赢得了当地网球锦标赛的冠军。同时，查理还是她共舞过的最好的舞者，和他跳舞就像梦境般美妙。没有人能看出他已经 40 岁了，她也告诉他她不相信他已经到了这个年纪。

“我知道你就是在招摇撞骗，你实际上只有 25 岁。”凯蒂打趣他。

查理笑得很高兴："哦，我亲爱的，我儿子都已经15岁了。我是个中年男人了。再过两三年，我就会变成一个又老又胖的老头子。"

"就算到了一百岁，你也还是会这么可爱的。"

她喜欢他浓密的黑色眉毛。但是她总觉得是这眉毛给他那双蓝眼睛增添了一种不安的神情。

他真的有很多的成就。他钢琴弹得很好，爵士乐也不在话下。他能用浑厚的嗓音和俏皮的幽默感演唱喜剧歌曲。凯蒂相信他无所不能。他在工作上也十分出色，他曾告诉她总督会特别走到办公室来祝贺他完成了一项困难的工作，她听了以后也很高兴。

他笑着，迷人的眼睛里充满着对她的爱："虽然这么说有点大言不惭，但是整个部门里没有谁能做得比我好了。"

噢，凯蒂多么希望自己是汤森德太太而不是费恩太太啊！

17

当然，现在还不能确定今天下午的那个人究竟是不是沃尔特，他是不是已经知道了真相。如果那个人不是他的话，那就别去管他了；但如果下午推门的人就是他，那么，这也许是对他们所有人来说最好的结果了。起初，即使心有不甘，凯蒂至少也会忍耐着，只是偷偷地去见查理。但是随着时间的推移，她的热情与爱慕与日俱增，她时常发现自己对横亘在他们之间、让他们无法永远相守的障碍越来越缺乏耐心。查理也常常在她面前咒骂自己的职业和地位，这些都迫使他小心谨慎，就像无形中拴缚着他和凯蒂的枷锁：如果他们都是自由之身，那该多好啊！凯蒂明白他的意思：没有人想要丑闻；当然了，改变生活轨迹的重大决定需要大量的思考。但是如果自由突然从天而降般落在他们身上，啊，那么一切都将是多么简单！

而且好像也没有人会因此而痛苦不堪。凯蒂很清楚查理和他妻子的关系。她是个冷酷的女人，他们之间多年以来已经没有爱情了，他们只是出于习惯、方便以及对孩子们的考虑才一直生活在一起的。这件事情处理起来，查理要面对的困难比凯蒂的小得多：沃尔特是真心爱她的；但毕竟，他可以全神贯注于工作，也可以去俱乐部消遣打牌；他可能会一开始的时候心烦意乱，但他总会克服的；他也没有理由不再另娶他人。查理告诉她，他不明白她当初是怎么决定下嫁沃尔特·费恩的。

凯蒂纳闷儿起来，脸上的表情似笑非笑，为什么刚才她会那么害怕沃尔特发现了她跟查理的事情呢。当然了，门把手慢慢转动的情景是会令人吃惊的。但毕竟他们已经预想到了沃尔特能干出最坏的事情可能是什么，他们已经准备好了。查理应该会跟她一样感到松了一口气，他们两个最渴望的自由就这样降临在了他们身上。

凯蒂必须公正地承认一点，沃尔特是个绅士，而且他爱她；所以他会做出正确的选择，那就是允许凯蒂和他离婚。他们的结合本身就是一个错误，不过幸运的是，他们在为时已晚之前就认识到了这一点并有可能解决它。凯蒂清晰笃定地设想了要对沃尔特说些什么，以及用怎样的态度对待他。她会以宽和、微笑、坚定面对他。他们没有必要争吵。在将来，她依旧会很高兴见到他。她也真诚地希望，他们在一起的两年时间会成为沃尔特珍贵的回忆，一直留在他的心里。

多萝西·汤森德肯定会毫不介意和查理离婚的，凯蒂继续想着。现在他们最小的儿子也要回英国了，她回去英国也会更好。反正她在香港也完全无事可做。她可以和她的孩子们一起度过所有的假期。而且她父亲母亲也都在英国。

这一切想来都很简单，一切都可以在没有丑闻发生和恶意萦绕的情况下得到处理。接着她和查理就可以结婚了。想到这里，凯蒂长长地叹了口气。查理跟她一定会很幸福的，他们之前为之所付出的所有努力都是值得的。有意思的是，凯蒂的脑海中出现了一幅又一幅的画面，他们将一起过的生活，他们将一起享受的乐趣，他们将去的短途旅行，他们将住的房子，他将升迁到一定的职位，而她将一直帮助他。他会为他们的结合感到骄傲，而她将会永远崇拜他、爱慕他。

但在所有这些白日梦中，都有一股恐惧的潜流。这很有趣，仿佛管弦乐队的琴箱和琴弦演奏着田园音乐，在低音中，鼓声却敲着冷酷的军乐的节奏，轻轻的，带着不祥的预感。沃尔特迟早要回家的，一想到要见到他，凯蒂的心就怦怦直跳。奇怪的是，那天下午他一句话也没跟她说就走了。当然，她并不怕他。“他到底能做些什么呢？”她反复对自己说，但她无法完全消除自己的紧张和不安。她又重复了一遍她要对他说的话。大吵大闹有什么好处？她很抱歉，上帝知道她不想给他带来痛苦，但如果她不爱他，她也无能为力。继续假装下去是没用的，说实话总是好的。她希望他不会不高兴，但他们犯了一个错误，唯一明智的做法是承认这一点。她会对他一直心怀感恩的。

但就在她自言自语的时候，一股突如其来的恐惧让她的手掌开始出汗。因为害怕，她开始生沃尔特的气。如果他想大吵大闹，那就让他走着瞧吧；到时候他可别感到惊讶，他一定会吃不了兜着走的。她会告诉他，她从来都不在乎他，自从他们结婚以来，她每天都追悔莫及。他就是个呆子。哦，他是多么令人厌烦，厌烦，厌烦！他觉得自己比任何人都好，真可笑。他完全没有幽默感，她讨厌他那傲慢的神态，她讨厌他的冷漠和自制。当你除了自己对什么都不感兴趣的时候，当别人也对你不感兴趣的时候，你当然很容易自我控制啦。她讨厌他。她讨厌他吻她。他有什么可骄傲的？他跳舞跳得烂透了，在聚会上他就是那个扫兴的人，他不会弹琴、不会唱歌、不会打马球，他的网球也是打得最差的。桥牌？哼！谁会在乎桥牌？

凯蒂现在激情万丈。看他怎么敢责备她。所有发生的一切都是他自己的错。她感激上帝他终于知道了真相。她恨他，希望再也不用见到他。是的，她很感激一切都结束了。为什么他不能让她一个人待着呢？他缠着她嫁给了他，现在她已经受够了。

“我受够了，”她大声重复着，气得直发抖，“受够了！受够了！”

她听到一辆汽车驶进了他们花园的大门。他走上了楼梯。

18

他走进房间，她的心在狂跳，她的手在颤抖，她赶紧躺倒在沙发上，打开了一本书拿在手里，好像一直在读书一样。他在门槛上站了一会儿，然后他们的目光相遇了。她的心沉了下去，她感到四肢突然一阵寒意袭来，浑身发抖，那种感觉就像是有人从你的坟墓旁走过一样。他的脸色惨白，她以前也见过这样的情形，他们坐在公园里，他向她求婚的时候。他那双黑眼睛，一动不动、深不可测地盯着她，看上去大得出奇。他什么都知道了。

“你今天回来得很早。”她说。

她的嘴唇颤抖着，几乎要说不出来话了。她吓坏了。她担心自己会晕倒。

“我就是正常时间回来的。”

他的声音听起来很奇怪。每一句话的最后一个词的音调都故意往上扬起，这样可以让他说的话听起来显得随意，但这样又流于了刻意。她不知道他是否看到她浑身发抖。她只能努力克制自己，才没有尖叫出来。他垂下了眼帘。

“我去换衣服。”

他离开了房间。她要崩溃了。有两三分钟，她动弹不得，但最后，她艰难地从沙发上站起来，仿佛她生病了似的，虽然终于康复了但是身体还很虚弱。她不知道她的腿是否还能支撑得住她的身体。她扶着椅子和桌子摸索着走到走廊，然后一只手放在墙上走回了她的房间。她穿上一件下午茶时招待客人会穿的礼服，当她回到自己的起居室时（他们只在聚会时才使用客厅），他正站在桌子旁看《画报》上的图片。她不得不强迫自己走了进去。

“我们下楼去好吗？晚饭已经准备好了。”

“是我让你久等了吗？”

她无法控制嘴唇的颤抖，真是太可怕了。

他到底打算什么时候发难？

他们坐下来，沉默了一会儿。然后他说了一句话，一句因为非常平常而带上了一种邪恶气氛的话。

“皇后号今天没能到港，”他说，“我在想它是不是因为暴风雨耽搁了航程。”

“它今天要到港的吗？”

“是的。”

她看着他，而他的眼睛盯着自己的盘子。接着，他对即将举行的一场网球比赛进行了同样微不足道的评论，他讲了很长时间。他的声音通常是悦耳的，语调起伏有致，但现在他只用一种语调在说话，非常不自然，也非常怪异。凯蒂觉得，他像是在很远的地方讲话。他的眼睛一直盯着他的盘子、桌子或墙上的一幅画。反正他就是不看她。她意识到他可能完全不想看她。

“我们上楼好吗？”晚饭结束时他说。

“如果你想的话。”

她站起身来，他为她把门打开。她从他身边经过时，他的眼帘垂了下来。当他们到达起居室时，他又拿起了画报。

“这是新的一期画报吗？我想我还没看。”凯蒂问道。

“我不知道。我没注意到。”

那份报纸已经在那儿躺了两个星期了，她知道他已经从头至尾地看了一遍。他拿着报纸坐了下来。她又躺在沙发上拿起了她的书。当他们有机会在晚餐之后独处的时候，他们通常会玩纸牌或游戏。而现在，他用舒服的姿势坐在扶手椅上，注意力似乎被他正在看的画报完全吸引住了。但是他没有翻过这一页。她也试着阅读，但她却看不见眼前的文字。书本上字迹模糊。她的头开始剧烈疼痛。

他到底什么时候发难呢？

他们就这样沉默地待了一个小时。她放弃了假装读书，把小说放在膝上，凝视着天花板。她不敢做出哪怕最小的手势，或者发出最小的声音。他坐着一动不动，神情看起来也一样轻松，他那双巨大的、一动不动的眼睛盯着画报上的图片。他的沉默像是一种奇怪的威胁，就像是野兽在马上要发出攻击前的安静与专注。

他突然站了起来，她吓了一跳。她紧握双手，自己都能感到自己脸色变得苍白。就是现在！

“我还有一些工作要做，”他用那种平静的声音说，眼睛回避着不看她，“如果你不介意的话，我这就去书房了。我可能会工作到很晚，你就不用等我睡觉了。”

“我今天晚上也很累。”

“好的，晚安。”

“晚安。”

他走出了房间。

19

第二天早上她一得空就给查理的办公室打了个电话。

“喂，您好。”

“我想见你。”

“亲爱的，我太忙了。我正在工作。”

“这非常重要。那我能到你办公室去吗？”

“哦，不，不行，如果我是你，我也不会那样做。”

“那么，到我家来吧。”

“我现在走不开。今天下午怎么样？然后，你不觉得我不到你家去会更好吗？”

“我必须马上见你。”

电话里停顿了一下，她担心自己被挂断了。

“你还在吗？”她紧张地问。

“是的，我在，我只是在思索。发生什么事了吗？”

“我不能在电话里告诉你。”

在他再次说话之前，又是一阵沉默。

“好吧，听着，如果你坚持的话，我可以想办法在一点钟左右去见你十分钟。你最好去周吉古董店，我会尽快来的。”

“古董店吗？”她沮丧地问。

“你看，我们总不能在香港酒店的大堂里见面吧。”他回答。

她注意到他的声音中有一丝恼怒。

“好吧，我去周吉家等你。”

20

她叫了辆黄包车到维多利亚路，沿着陡峭狭窄的小巷一直走到古董店。她在外面逗留了一会儿，好像她的注意力被橱窗里展示的小摆设吸引住了。一个男孩站在那里招呼顾客，他立刻认出了她，给了她一个大大的共谋式的微笑。他用汉语对里面的某个人说了几句话，店主人——一个穿着黑色长袍的胖脸小个子男人——走出来迎接她。她很快走了进去。

“汤森德先生没有到。你先上楼，对吗？”

她走到商店的后面，走上摇摇晃晃的黑暗楼梯。中国店家跟着她，为她打开了通往卧室的门。天气闷热，屋里满是一股辛辣的鸦片味。她坐在了檀香木箱上。

不一会儿，她听到了沉重的脚步声，踩得楼梯吱吱作响。接着，查理进来了，把门在身后关上。他的脸上带着一种忧郁的表情，但是当他看向她时，那个表情就消失了，他以那种迷人的方式微笑着。他迅速地把她搂在怀里，吻了吻她的嘴唇。

“你遇到什么麻烦了？”

"见到你让我感觉好多了。"她笑着说。

他坐在床上点燃了一支香烟。

"你今天早上听起来很疲惫。"

"那不奇怪，"她回答，"我整晚都没合过眼。"

他看了她一眼。他仍然微笑着，但他的微笑变得有点僵硬和不自然。她觉得他的眼睛里有一丝焦虑。

"他知道了。"她说。

他停顿了一会儿才回答。

"他说了什么？"

"他什么也没说。"

"什么？"他严肃地看着她，"你为什么认为他知道了？"

"因为一切。他的表情，他吃饭时说话的样子。"

"他让你不舒服了？"

"不，恰恰相反，他小心翼翼、非常礼貌。但是自从我们结婚以来，他第一次没有在道晚安的时候吻我。"

她垂下了眼帘。她不确定查理是否能明白。通常，道晚安的时候，沃尔特会把她搂在怀里，把嘴唇贴在她的嘴唇上，深深一吻让它们动弹不得。他的整个身体也会随着他的吻变得温柔而充满激情。

"那你觉得他为什么什么都不说呢？"

"我不知道。"

房间陷入一阵沉默。凯蒂静静地坐在檀香木箱子上，焦急地注视着查理。他的脸又阴沉了起来，眉头也拧成一团。他的嘴角有点下垂。但他突然抬起头来，眼中闪现出一丝恶意的兴味。

“我想他不会再提起这件事了。”

她没有回答。她不明白他的意思。

“毕竟，他也不是第一个在这种情况下选择视而不见的男人。吵吵闹闹对他而言有什么好处呢？如果他真想大闹一场，他当时就会冲进你的房间。”

他的眼睛闪闪发光，嘴唇上绽放出灿烂的笑容：“噢，我们真是两个该死的傻瓜。”

“我希望你能看到昨晚上他的表情。”

“我想他一定很烦躁。这种事情当然是令人震惊的。这对任何男人来说都是奇耻大辱。但是他总是看起来像个傻瓜。沃尔特给我的印象就不是一个愿意家丑外扬的人。”

“我想他不会的，”她沉思着回答，“我发现，他是个很敏感、很能理解别人的人。”

“对我们而言，这都是好事。你知道，这是一种很好的思维方式，就是想象自己是另外一个人，如果你是他、在他的位置上你会怎么做。当一个人处于那种位置时，只有一种方法可以保全他的面子，那就是假装什么都不知道。我敢跟你打赌，赌什么都行，这就是沃尔特的选择。”

查理说得越多，他就变得越活跃。他的蓝色眼睛闪闪发光，又恢复了快乐的神采。他的言谈举止无不流露出令人鼓舞的信心。

“谁知道呢，当然了我不想说任何关于他的不好听的话，但当具体问题具体分析的时候，你就会发现细菌学家可不是什么了不起的人物。等西蒙斯回国的时候，我很有可能升为布政司，沃尔特只有站在我这边才能保证他自己的利益。和我们其他人一样，他也有自己的谋生之道：你认为香港政府会为了一个制造丑闻的人主持公道吗？相信我，他只要保持沉默就可以得到一切，只要大吵大闹就会失去他现在所拥有的一切。”

凯蒂不安地晃动着身体。她知道沃尔特是个多害羞的人，她也相信他会害怕引起一场公案，害怕引起公众的注意，这都可能会对他产生影响；但她不相信他会被物质利益所左右。也许她不太了解他，但查理更是一点都不了解他。

“你有没有想到过他疯狂地爱着我呢？”

他没有回答，但他用调皮的眼神朝她微笑着。她熟悉也喜欢他那迷人的表情。

“又怎么了？你说吧，我知道你要说些不好听的话了。”凯蒂说道。

“嗯，你知道，女人常常觉得男人疯狂地爱着她们，但是其实男人对她们的感情只是还行。”

她忍不住笑了，见面之后第一次笑了。他真是个自负的人。

“这话说得真可怕。”

“我这么跟你说吧，你最近没有放太多心思在你丈夫身上，也许他已经不像以前那样爱你了。”

“无论如何，我也不会自欺欺人地说你疯狂地爱着我。”她反驳道。

“这你就错了。”

啊，听到他这么说真是太好了！她当然知道这一点，对这份感情的深信不疑温暖了她的心。说着，他从床上起来，走到她身边，也坐在了檀香木箱子上。他用胳膊搂住了她的腰。

“你这颗愚蠢的小脑袋就别再担心了，”他说道，“我向你保证没有什么可担心的。我百分之百确信他会假装什么都不知道的。你也知道的，这种事情是很难证明真的发生过的。你说他爱你，也许他也不想完全失去你。但是我发誓，如果你是我的妻子，我会绝对不会接受这种事情的。”

她向他倚靠了过去。她的身体在他的臂弯里变得柔弱无力。她对他的爱几乎成了一种折磨，让她心绪不宁、寝食难安。他最后的一席话深深打动了她：如果沃尔特是那么的爱她，只要她有时候接受他的爱意，他就应该准备好了接受任何羞辱。她可以理解这一点，因为这就是她对查理的感觉。一种带着骄傲的激动掠过她的全身，同时她也隐隐感到自己对一个可以如此盲目去爱的男人是心存蔑视的。

她深情地搂住了查理的脖子。

“你真是太棒了。我刚到这里的时候还吓得浑身发抖，现在你让一切都变好了。”

他用手捧着她的脸，吻了吻她的嘴唇。

“亲爱的。”

“有你在，我就安心了。”她叹了口气说道。

“相信我，你不必这么紧张。而且你知道我是站在你这边的，我会支持你的。我不会让你失望的。”

她不再恐惧了，但有一瞬间，她无端地为自己未来计划的破灭而感到可惜。即使现在一切危险都过去了，但是她几乎还是希望沃尔特坚持离婚。

“我知道我可以依靠你。”她说。

“我希望如此。”

“你不是要去吃午饭了吗？”

“哦，去他的午饭。”

他紧紧地搂着她，把她抱得更近了。他的嘴唇在向她不断索吻。

“哦，查理，你得放我走了。”

“决不。”

她尝到了爱情和胜利的甜美滋味，轻轻一笑。他的眼睛里充满了欲望。他把她从箱子上扶了起来，紧紧抱在胸前。他锁上了门，可不会放她走了。

21

整个下午，她都在想查理说的有关沃尔特的那些话。那天晚上她和沃尔特要在外面吃饭，当他从俱乐部回来时，她正在换衣服。他敲了敲她的门。

“进来。”

他没有开门进去。

“我直接去换衣服。你还要多久？”

“十分钟。”

他一言不发，走去了自己的房间。他的声音还是带着前一天晚上的那种压抑的音调。她现在觉得自己已经相当笃定自信了。她比他更快地换好了衣服，当他下楼时，她已经坐在车里了。

“恐怕是我让你久等了。”他说。

“我等会儿没事。”她回答，说话的时候还能面带微笑。

一路山道盘旋下山，她试探地问了他一两个问题，但他都只是简短地回答。她耸耸肩，有点不耐烦了——如果他想生气，就让他生气去吧，她不在乎。他们开始沉默不语，一直到到达目的地。那是一场盛大的晚宴，有太多的人和太多的菜肴。当凯蒂和邻座愉快地聊天时，她瞟到了沃尔特。他脸色苍白得要命，痛苦地扭曲着。

“你丈夫看起来很疲惫。我原本以为他已经习惯了这么热的地方了。他是不是一直工作很辛苦啊？”

“他总是非常努力地工作。”

“我想你很快就要离开香港去度假了吧？”

“哦，是的，我想我会像去年一样去日本。”她说，“医生说如果我不想全身都垮掉的话，我就必须离开这么酷热的环境。”

沃尔特并没有像往常外出就餐一样，不时地微笑着看她一眼。这天晚上他一眼都不看她。他们刚到的时候她就已经注意到了，他还是会走到车门前，像往常一样礼貌地把手递过来让她扶着下车，但是他的眼神一直在回避与她相遇。在晚餐会上，他一脸严肃地和邻座两边的女人交谈，不苟言笑，只是坚定地目不转睛地看着她们。他的眼睛看起来真的很大，在那张苍白的脸上，黑得像煤块一样。他看起来坚定而严肃。

他可真是个亲切待人的人啊，凯蒂讽刺地心想。

一想到那几位不幸的女士试图跟那张冷酷的面具闲聊，她就分心了。

现在可以确定的是，他已经什么都知道了。毫无疑问，他对她很生气。但是他为什么什么都不说呢？是不是真的因为，尽管他很生气，也很受伤，但他太爱她了，以至于他害怕她会离开他呢？这种想法使她有点轻视他，但是充满温情的一种轻视——毕竟，他是她的丈夫，他为她遮风挡雨。只要他不干涉她，让她为所欲为，她也会对他很好的。另一方面，也许他的沉默只是由于他病态的胆怯。查理说得对，没有人比沃尔特更讨厌丑闻。除非万不得已，他是不会公开发表什么言论的。他曾经告诉她，有次他被传唤为一个案件的证人，需要他为案情提供专家证据，结果开庭前一周他紧张得几乎没有睡着觉。他的羞怯是一种病。

还有一件事：男人们都是很自负的，只要没人知道发生了什么事，沃尔特可能会满足于这件事大事化小小事化了。紧接着，她想到查理之前说沃尔特知道怎么做才对自己更有利，这个判断是否有可能是对的呢？查理是当地最受欢迎的人，不久将成为布政司。他可能对沃尔特的事业很有裨益。另一方面，如果沃尔特把这事宣扬开来，他也可能会让自己很不愉快。一想到情人的能力和决心，凯蒂的心就欢欣鼓舞。她在查理强壮的臂膀里，对他的魅力毫无防御能力。男人们都很奇怪。她决不会相信沃尔特会做出卑鄙的事情，然而谁知道呢？也许他的严肃只是用来掩盖卑鄙和惹是生非的面具。她越想越觉得查理是对的。她又把目光转向了她的丈夫，这次却一点温情也没有。

碰巧就在这时，沃尔特两边的女人都正在和别的邻座谈话，他终于独自一人坐在那里。晚餐聚会已经被他抛到了九霄云外，他目不转睛地盯着前方，眼睛里充满了绝望的悲伤。这让凯蒂大吃了一惊。

22

第二天，凯蒂如常在午饭后躺下午睡，将睡未睡之际，突然被敲门声吵醒了。

“谁啊？”她烦躁地喊道。

这个时间她不习惯被打扰。

“我。”

她听出丈夫的声音，很快坐了起来。

“进来。”

“我吵醒你了吗？”他进来时问道。

“事实上是的。”她回答道，在过去的两天里她已经能够用颇为自然的语调与沃尔特说话了。

“请你到隔壁房间来好吗？我想和你谈谈。”

她的心脏突然在胸腔里剧烈跳动。

“我要穿上晨衣。”

沃尔特退出了房间。她穿上拖鞋，裹上睡袍。她看了看镜子里脸色苍白的自己，赶紧涂上了些胭脂。她在门口站了一会儿，鼓起勇气准备接受问讯了，在脸上展开无畏的神情，凯蒂走进了房间。

“你怎么会在这个时候离开实验室？”她说，“这个时候可不常能见你回家。”

“你不坐下吗？”

他严肃地说道，还是没有看她一眼。凯蒂倒是很愿意按照他说的去做，因为她的膝盖已经有点发抖了，很难继续保持那种诙谐的语调。坐下后，她一直闷不作声。沃尔特也坐着点上了一支烟。他的眼睛不安地在房间里转来转去，看起来他要开始做什么困难的事情了。

突然，他专注地看着她。由于他已经太久不看她了，他的直视把她吓得哭了起来。

“你听说过湄潭府吗？”他问道，最近报纸上有很多关于湄潭府的报道。

她惊讶地盯着他，不明白他想说什么，迟疑地回答道：“那个霍乱流行的地方吗？阿布斯诺特先生昨晚谈到了这件事。”

“那里是有流行病。我相信这是他们这么多年来遭遇的最可怕的流行病了。那里本来有一位学医的传教士，但是他三天前也死于霍乱了。那里还有一个法国修道院，当然还有些海关人员。其他人都已经离开那里了。”

他的眼睛仍然盯着她，她无法垂低她的眼帘。她试图读懂他的表情，但她很紧张，她只能看出一种奇怪的警觉。他怎么看起来这么镇定？他甚至没有眨眼。

“法国修女们正在尽她们所能。她们把孤儿院也变成了医院。但是人们正在像苍蝇一样死去。我已经提出要去负责那边的救治了。”

“你？”

她猛地叫出了声。她首先想到的是，如果他走了，她就自由了，可以不受阻碍地见到查理。但是这个想法使她震惊。她觉得自己脸红了。他为什么那样看着她？她尴尬地把目光移开。

“你有必要去吗？”她结结巴巴地说。

“那里没有外国医生。”

“但你不是医生，你只是细菌学家。”

“你知道，我是医学博士，在我专攻细菌学之前，我在一家医院做过大量的常规工作。事实上，我确实首先是一个细菌学家，彻头彻尾，但这也将是一个进行细菌研究工作的绝佳机会。”

他说话的语气几乎要变得轻率起来了，凯蒂瞥了他一眼，她惊讶地看到他的眼睛里闪烁着嘲弄的光芒，这让她百思不得其解。

“但是那里不是非常危险吗？”

“非常危险。”

他笑了。这是一个带着嘲弄的鬼脸。她用手扶住额头。自杀，这就是自杀，太可怕了！她没想到他会有这样的反应。她不能让他那样做。太残忍了。虽然不爱沃尔特并不是她的错，但是她绝不忍心他为了她而自杀。眼泪轻轻地顺着她的脸颊流了下来。

“你哭什么？”

他的声音冰冷如铁。

“你没有义务要去，不是吗？”

“不，我是自愿去的。”

“请不要这样，沃尔特。如果发生什么事，那就太可怕了。要是你死了可怎么办啊？”

虽然他的脸上仍然毫无表情，但他眼中再次闪过一丝微笑。他没有回答。

“那地方在哪里？”她停顿了一下，问道。

“湄潭府吗？它在西河的一条支流上。我们要坐船沿着西河上去，然后坐轿子。”

“我们是谁？”

“你和我。”

她猛地看向他，她认为自己听错了。但现在，他眼中的微笑已经传到了嘴边。他那双乌黑的眼睛紧盯着她。

“你想让我也去吗？”

“我想你会去的。”

她的呼吸开始加快，浑身颤抖。

“但那里肯定不是一个女人该待的地方。传教士几周前就把他的妻子和孩子们送回香港了，亚洲石油公司代理和他的妻子也回到香港了。我在一个茶话会上遇见了她。我刚想起她说他们因为霍乱离开了某个地方。”

“那里还有五位法国修女。”

她不由得惊慌失措。

“我不明白你的意思。让我去，那太疯狂了吧。你知道我有多脆弱吗。海沃德医生说我必须离开香港，因为这里天气太热了。我绝对无法忍受湄潭那里的炎热。还有霍乱，我会吓得魂不附体的。现在去湄潭就是在自找麻烦，我也没有理由去。我会死在那里的。”

他默不作声、没有回答。她绝望地看着他，忍不住哭了起来。他的脸上有一种黯然的苍白，这使她突然感到害怕。她从中看到了仇恨。有可能他想让她死吗？她自己在心里回答了这个荒唐的想法。

“这太荒谬了。如果你认为你应该去，那是你自己的事。但你真的不能指望我也这么做。我讨厌疾病。天啦，还流行霍乱。我绝不会假装很勇敢，我也不介意告诉你我没有勇气。我将在这里一直待到我要去日本的时候。”

“我原本以为，当我要去做一次危险的探险时，你会愿意陪着我。”

他现在竟然在公然嘲笑她。她很困惑，她不知道他说的是真心话，还是只是想吓唬她。

“我认为没有人有理由责怪我拒绝去一个危险的地方，那里的事情跟我有什么关系？我去了也不会有什么用处。”

“你发挥的作用最大了，你可以给我加油打气，可以给我慰藉。”

她的脸色变得更苍白了。

“我不明白你在说什么。”

“我觉得要明白我的话并不难，平均智商就够了。”

“我不去，沃尔特。这样的提议真是太可怕了。”

“那么我也不去了，我立即就去撤回我的请愿书。”

23

她茫然地看着他。他的话出人意料，一时间她如坠云雾。

“你到底在说什么？”她结结巴巴地说。

甚至在她自己看来，她也知道这样的回应是错误的，她看到沃尔特严肃的脸上流露出轻蔑的表情。

“恐怕你认为我比看起来还要更傻。”她不太知道该说什么。她还没有决定是愤怒地宣称自己无罪，还是愤怒地对沃尔特进行指责。他似乎明白了她的想法。

“我有所有的必要的证据。”

凯蒂哭了起来。眼泪从她的眼睛里流出来，却不带着任何特别的痛苦，她也没有试图去拭掉眼泪：哭泣给了她一点时间让她平静下来。但她的头脑依然一片空白。他毫无所动地看着她，他的平静使她害怕，他变得不耐烦了。

“你知道，哭对你没有多大好处。”

他的声音冰冷坚硬，在她心中激起了某种愤慨。她正在慢慢恢复她的底气。

“我不在乎。我想你也不会反对我和你离婚的。离婚对一个男人来说也无所谓。”

“请允许我问一下，我为什么要因为你的缘故给自己带来不便呢，哪怕是最小的不便？”

“这对你没有任何影响。要求你表现得像个绅士这并不过分。”

“我太看重你的幸福了。”

她现在坐直了身子，擦干了眼泪。

“你什么意思？”她问他。

“汤森德只有在他作为共同被告被起诉的情况下才会娶你，只有这件事情成为一桩伤风败俗的公案以至于他的妻子不得不起诉与他离婚的时候他才会娶你。”

“你根本不知道你在说什么，”她喊道，“你这个愚蠢的笨蛋。”

他的语气如此轻蔑，她气得满脸通红。也许她的愤怒比看起来的还要激烈，因为她以前从未听他说过除了甜言蜜语、奉承话和令人愉快的话以外的任何话。她已经习惯于他听命于她、臣服在她脚下。

“如果你想知道真相，那么我来告诉你真相。他已经迫不及待要娶我了。多萝西·汤森德也非常愿意和他离婚，只要有可能我们就会结婚。”

“这些是他一字一句亲口告诉你的，还是你从他的言行举止中得到的印象？”

沃尔特的眼睛里闪烁着痛苦的嘲弄，使凯蒂有点不安。她不太确定查理是否说过这样的话。

“这些话他说了一遍又一遍。”

“这是谎言，你知道这是谎言。”

“他全心全意地爱我。他爱我就像我爱他一样炽热。反正你也已经发现了。我不会否认任何事情。我为什么要否认呢？我们已经相爱一年了，我为此感到骄傲。他对我来说意味着世界上的一切，我很高兴你终于知道了。我们对保密、妥协以及其他一切都已经感到厌烦了。我嫁给你就是个错误，我不该这么做，我是个傻瓜。我其实从来都不在乎你。我们从来没有任何共同之处。我不喜欢你喜欢的人，你感兴趣的事情我也感到厌烦。我很庆幸这一切已经结束了。”

他注视着她，没有任何动作，也没有任何表情。他聚精会神地听着，表情上没有任何变化能够表明她说的话对他产生了什么影响。

“你知道我为什么嫁给你吗？”

“因为你想在你妹妹多丽丝之前结婚。”

他说的是事实，这倒让凯蒂觉得像是一个有趣的小插曲——她意识到他从头到尾都知道。奇怪的是，即使在恐惧和愤怒的此刻，这个插曲也激发了她的同情心。他微微一笑。

“我对你没抱幻想，”沃尔特说，“我知道你愚蠢、轻浮、头脑空空如也，但我爱你。我知道你的人生目标和生活理想庸俗而平凡，但我爱你。我知道你不是一流的女人，但我爱你。当我想到我是多么努力地想要对那些让你开心的事情感兴趣，我是多么努力地在你面前假装我是个无知、粗俗、愚蠢、喜欢八卦丑闻的人的时候，我感觉真是滑稽透顶。我知道你有多害怕有智慧的人，我尽我所能让你以为我和你认识的其他男人一样是大傻瓜。我知道你嫁给我只是权宜之计。但是我太爱你了，我不在乎。据我所知，大多数人在爱上某个人时，如果他们的爱情没有得到回应，他们会感到委屈，变得愤怒和痛苦。但我不是那样。我从来没有想过你会爱我，我也不认为你有任何理由爱我，我从来没有觉得自己很可爱。我很感激你允许我爱你，当我时不时地认为你对我很满意，或者当我注意到你眼中流露出一种愉快的爱意时，我就能欣喜若狂。我尽量不让你有对我的爱感到厌烦；我知道我承受不了那样的厌烦，我一直在小心地辨别你对我的爱产生不耐烦的苗头。我都已经准备好了要把大多数丈夫认为理所应当的权利看作一种恩惠。"

凯蒂早已经习惯了各种甜言蜜语、阿谀奉承，却从未听人对她说过这样的话。在她的心中，盲目的愤怒驱走了之前的恐惧：它几乎使她窒息，她感到太阳穴里的血管在膨胀、在抽搐。受伤的虚荣心会让一个女人比一只被夺走了幼崽的母狮更具报复性。凯蒂的下巴——她以前总是在意自己下巴有点太方了——因为愤怒而向前凸出，显得既愚蠢又可怖。她那双美丽的眼睛因为恶意而变得乌黑发亮。但她控制住了自己的脾气。

“如果一个男人身上没有什么让一个女人爱他的地方，那是他的错，而不是女人的错。”

“显然是的。”

他嘲弄的语气增加了她的愤怒。她觉得保持冷静应该会给他带来更大的伤害。

“我并不很知书达理，也不是很聪明伶俐。我只是一个非常普通的年轻女子。我喜欢的那些东西也是我生活中身边的人们所喜欢的东西。我喜欢跳舞、喜欢打网球、喜欢看戏，我喜欢会玩乐的男人。的确，我总是对你和你喜欢的东西感到厌烦。它们对我来说毫无意义，我也不想让它们变得有意义。你只会拖着我在威尼斯那些画廊里没完没了地转来转去，但是我在桑威奇打高尔夫会更开心一些。”

“我知道。”

“如果我没有达到你的期望，成为你理想中的妻子，我很抱歉。更加不幸的是，我觉得跟你的身体接触也非常恶心。这是我的真实感觉，你也不能因此责备我。”

“这个我并不知情。”

如果沃尔特大发雷霆，她还更容易应付目前的情况。她可以用暴力来对付暴力。现在他的自制力简直成了一种不人道，她恨他，前所未有地恨他。

“我认为你根本就不是一个男人。当你发现我和查理在一起的时候，你为什么不破门而入？你至少可以试着揍他。你害怕了吗？”

但她话音刚落脸就红了，她也感到了羞愧。他没有回答，他的眼里流露出一种冷漠的蔑视，嘴角闪烁着微笑的影子。

“可能是因为，像那些老古董一样，我的骄傲不允许我动手。”

凯蒂想不出什么好的回答，她耸了耸肩。他又目不转睛地盯了她好一会儿。

“我想我要说的我都已经说完了。如果你拒绝去湄潭府，我将撤回我的请愿书。”

“你为什么不愿意和我离婚？”

他终于把目光从她身上移开了。他靠在椅子上点燃了一支烟，一言不发地默默抽完。然后，扔掉了烟头，他微微一笑。他又看了她一眼。

“如果汤森德太太向我保证她会和她丈夫离婚，如果在我们离婚后一周以内汤森德保证他会和你结婚，我就和你离婚。”

他这样说让她有些不安。但她的自尊心迫使她郑重其事地接受他的提议。

“你真是大度，沃尔特。”

他突然大笑起来，令她吃惊不已，更是气得满脸通红。

“你在笑什么？我看不出这有什么好笑的。”

“请原谅。我的笑点总是很奇特。”

她皱着眉头看着他。她本想说些尖酸伤人的话反驳他，但她并没有。他看了看手表。

“如果你想在汤森德的办公室里抓住他，你最好快点。如果你决定和我一起去湄潭府，后天就得出发了。”

“你想让我今天告诉他吗？”

“没有比现在更好的时机了。”

她的心跳开始加快。她感觉到的不是不安，而是……她不太清楚那是什么。她希望他能再多待一会儿，她本想让查理做好准备的。但是她对查理非常信任，他爱她一定就像她爱他一样，他们的爱是那么热烈笃定，连她稍微想到他可能不愿意接受这样的有些胁迫的要求都感觉是对他们的爱的背叛。她一脸严肃地转向了沃尔特。

“我想你不知道什么是爱。你不知道查理和我是多么的相爱。对于我们来说，这份感情是世界上唯一重要的东西，为了它我们在所不惜，什么样的牺牲都不在话下。”

他微微鞠了一躬，但什么也没说。当她走出房间时，他的眼睛紧紧跟着她，就像她在用步子测量房间似的。

24

凯蒂给查理写了一张便条："请见见我，很着急。"在办公室做传达的中国男孩让她等一等，并告诉她汤森德先生五分钟后会来见她。她莫名其妙地紧张了起来。终于，她被领进了查理的办公室，查理走上前来和她握手，但当男孩离开办公室、关上门之后，他放下了他和蔼可亲的礼节伪装。

"我说，亲爱的，你真的不能在工作时间来办公室。我有很多事情要做，再说我们不想让人说闲话对吧。"

她用那双美丽的眼睛深情地看着他，她想微笑，但她的嘴唇有些僵硬，她笑不出来。

"除非万不得已，否则我不会来的。"

他微笑着抓住她的手臂。

"好吧，既然你来了，过来坐下。"

那是一间空荡荡的屋子，局促狭小，天花板很高，墙壁被刷成两种不同深浅的赤陶色。仅有的家具包括一张大桌子、一张查理办公时坐的旋转椅和一张供访客坐的扶手皮椅。凯蒂坐在它上面都心惊不已。查理靠在书桌旁。她以前从未见过他戴眼镜，她不知道他是戴眼镜的。当他注意到她的眼睛盯着自己的眼镜时，他把它摘了下来。

“我只在阅读的时候才戴它。”

她的眼泪很容易流出来，现在，她几乎不知道为了什么，她开始哭了起来。她无意欺骗他，只是本能地想引起他的同情。他茫然地看着她。

“出什么事了？哦，亲爱的，别哭了。”

她拿出手绢，试着忍住抽泣。他按了按铃，当办公室里的中国男孩进来应铃时，他走了过去。

“如果有人来找我，就说我出去了。”

“好的，先生。”

男孩把门关上了。查理坐在了皮椅子的扶手上，用胳膊搂住凯蒂的肩膀。

“现在，亲爱的凯蒂，把这一切都告诉我吧。”

“沃尔特想离婚。”她说。

她感到他手臂放在她的肩膀的压力突然消失了。他的身体僵硬了。沉默了一会儿，查理从扶手上站起来，又坐回了他自己的椅子上。

“你到底是什么意思？”他说。

他的声音变得嘶哑，她不由得看向他，查理的脸一片暗淡的红色。

"我和他谈过了。我是直接从家里出来了。他说他有所有的必要的证据。"

"你没有承认吧，是吗？你什么也没承认吧？"

她的心沉了下去。

"没有。"她回答。

"你确定吗？"他问道，目光锐利地看着她。

"很确定。"她又撒了一次谎。

他靠在椅子上，茫然地盯着挂在墙上的中国地图。她焦急地看着他。她对他接受这个消息的方式感到有些不安。她原以为他会把她抱在怀里，告诉她他很感激，因为现在他们可以永远在一起了；但男人有时候是有些滑稽的。她轻轻地哭着，不是为了引起同情，而是因为哭泣似乎是很自然的、应该做的事情。

"这真是一片混乱，糟透了的混乱，"他终于开口说道，"但是丧失理智显然是没有用的。你知道，哭对我们没有任何好处。"

她注意到他声音中的恼怒，擦干了眼睛。

"这不是我的错，查理。我也没办法。"

"你当然也无能为力。我们只是倒霉透了。我和你都有责任。现在要做的是看看我们如何摆脱目前的处境。我想你和我都不想离婚的。"

她屏住了呼吸，定定地看着他，但是他的心思根本不在她身上。

“我想知道他所说的证据到底是什么。我不知道他怎么能证明我们在那个房间里在一起。总的来说，我们已经尽可能的小心了。我相信古董店的那个老家伙不会出卖我们的。即使他看到我们进去了，我们也没有理由不是一起欣赏古玩。”

他是在自言自语，而不是在和她说话。

“提出指控是很容易的，但要证明这些指控却非常困难；任何律师都会告诉你的。我们的策略就是否认一切，如果他威胁要采取行动，我们就告诉他去他的吧，我们要跟他把官司打到底。”

“我不能上法庭，查理。”

“为什么不呢？恐怕你不得不这么做。天知道，我可不想大吵大闹的，但我们也不能坐以待毙。”

“我们为什么跟他打官司呢？”

“这是个什么问题?！毕竟，不仅是你担心，我也担心。但事实上，我认为你不必害怕。我们总得设法使你丈夫改变主意。唯一让我伤脑筋的是什么才是最好的策略。”

他似乎想到了一个主意，因为他带着迷人的微笑朝她转过身来，在一阵生硬的就事论事的交谈之后，他的语气突然又变得像讨好她一样。

“可怜的小家伙，恐怕你已经非常难过了，太糟糕了。”他伸出手，握住了她的手，“我们陷入了困境，但我们会摆脱困境的，而不是……”他停了下来，凯蒂怀疑他正要说并不是他第一下想到的。“现在最重要的是保持冷静。你知道我永远不会让你失望的。”

“我不害怕。我也不在意他要做什么。”

他仍然微笑着，但他的微笑看起来有点勉强。

“如果最坏的情况发生了，我就得告诉总督。他一定会狠狠地咒骂我，但他是个好人，是个通情达理的人。他会设法修补事情的。如果发生了什么丑闻，对他没有任何好处。”

“他能做什么？”凯蒂问。

“他可以给沃尔特施加压力。如果他不会因为他的雄心壮志来应对沃尔特的话，他也会因为责任感来处理这件事的。”

凯蒂有些脊背发凉。她似乎没能让查理明白情况有多么严重。他的轻浮让她有些不耐烦了。她很后悔到他的办公室来找他。周围的环境使她感到害怕。如果她能偎依在他怀里，搂着他的脖子，就能更容易说出她想要什么了。

“你不了解沃尔特。”她说。

“我知道每个男人都有自己的利益。”

她全心全意地爱着查理，但他的回答使她不安；对于这样一个聪明的人来说，说出这句话是很愚蠢的。

“我想你没有意识到沃尔特有多生气。你还没有看到他的表情和他的眼神。”

一时间，查理没有任何回答，只是带着一丝微笑看着她。她知道他在想什么。沃尔特是细菌学家，担任的只是低下的职务；他没有胆量站在上层官员的对立面、成为他们讨厌的人。

“别自欺欺人了，查理，”她认真地说。“如果沃尔特下定决心采取行动，你或其他任何人的话都不会对他产生丝毫影响。”

他的脸又变得沉重和闷闷不乐。

“让我成为共同被告是他的主意吗？”

“一开始是这样。最后我设法让他同意了我和他离婚。”

“哦，好吧，那就没那么糟糕了。”查理的态度又放松了下来，她从他的眼睛里看到了解脱。“在我看来，这也是一条很好的出路。毕竟，这是男人能做的最起码的事，也是唯一体面的事。”

“但他提出了一个条件。”

他好奇地瞥了她一眼，似乎在思量。

“当然我不是一个很有钱的人，但我会尽我所能去做任何事。”

凯蒂沉默了。查理所说的话让她始料未及。这些话让她很难继续。她原以为她能脱口而出，偎依在他温暖的怀抱里，把羞红的脸埋他的胸前。

“如果你妻子向他保证会和你离婚，他就会同意我和他离婚。”

“还有别的吗？”

凯蒂几乎听不到自己的声音。

“而且——查理，这很难开口，这听起来很可怕——如果你答应在离婚法令生效后一周内娶我。”

25

查理沉默了一会儿。然后他再次握住凯蒂的手，轻轻地按了又按。

“你知道，亲爱的，”他说，“不管发生什么事，我们都不能让多萝西知道的。”

她茫然地看着他。

“但我不明白。我们怎么能做到呢？”

“嗯，在这个世界上，我们不能只想着自己。你知道，在其他条件相同的情况下，这个世界上没有什么比娶你更让我开心的事了。但这是完全不可能的。我了解多萝西：没有什么能诱使她和我离婚的。”

凯蒂变得惊慌失措，她又哭了起来。查理站起来坐在她身边，用胳膊搂着她的腰。

“亲爱的，别让自己再难过下去了。我们必须保持冷静。”

“我以为你爱我……”

“我当然爱你，”他温柔地说，“你现在一定不要对此有任何怀疑。”

“如果她不跟你离婚，沃尔特会让你成为共同被告的。”

他花了相当长的时间组织他的语言，以至于他的回答都是干巴巴的。

“那当然会毁了我的事业，但恐怕对你没有多大好处。如果最坏的情况发生了，我会向多萝西坦白的。她会受到极大的伤害，也会感到非常痛苦，但她会原谅我的。”他有了一个主意，“无论如何，我不确定最好的计划是否就是离婚。如果多萝西去找你丈夫，我敢说她能说服他保持沉默。”

“这是不是意味着你不想让她和你离婚？”

“噢，我得考虑我的孩子们，不是吗？当然我也不想让多萝西不高兴。我们一直相处得很好。你知道，对我来说她一直是位非常好的妻子。”

“那你为什么告诉我她对你来说‘毫无意义’呢？”

“我可从来没有那样说过。我说我不爱她。我们已经好几年没睡在一起了，除了偶尔，比如圣诞节，或者她回国的前一天，或者她回来的那天。她不是一个关心那种事的女人。但我们一直都是很好的朋友。我不介意告诉你，我依赖她，任何人都想象不到我依赖她的程度。”

“那你不觉得不应该来招惹我，让我一个人待着会更好吗？”

她感到奇怪的是，现在恐惧已经使她喘不过气来了，但她竟能如此平静地说话。

“你是我这么多年来见过的最可爱的小东西。我只是疯狂地爱上了你。你不能因此责怪我。”

“毕竟，你说过你永远不会让我失望的。”

“但是，天哪，我是不会让你失望的。我们只是陷入了一个可怕的困境，我将尽一切可能让你摆脱困境。”

“除了一件明显的、自然的、应该做的事情。”

他站了起来，回到自己的椅子上。

“亲爱的，你可不能无理取闹。我们最好坦率地面对现在的情况。我不想伤害你的感情，但我真的必须告诉你真相。我非常热爱我的事业。我看不出有什么理由我不会在将来的某一天成为一名总督，而成为一名总督是一份该死的美差。所以，除非我们能把这件事掩盖过去，否则我是完全没有机会的。我可能不会被开除，但总会有一个对我不利的污点。如果我真的要离开这里，那么我也只能在中国做生意，因为这里我人脉广。不管是哪种情况，我都需要多萝西跟我在一起。”

“那你有必要之前告诉我，除了我你什么都不想要吗？”

他的嘴角急躁地耷拉着。

“哦，亲爱的，一个男人爱上你时所说的话是不能字斟句酌的。”

“所以你说这话的时候不是那个意思？”

“那时候是的。”

“如果沃尔特和我离婚，我会怎么样？”

“如果我们的说辞站不住脚，我们当然也就不会在官司里纠缠了。离婚了也不是什么需要公之于众的大事，现在人们的胸襟还是相当开阔的。”

凯蒂第一次想起了她的母亲。她颤抖着，又看了看查理。她的痛苦现在带着一丝怨恨。

“我相信你会毫不费力地忍受我现在所遭受的任何不幸的。”她说。

“我们彼此之间就别再说这些令人不愉快的话了吧。”他回答说。

她绝望地叫了一声。她全心全意的爱他，却又对他恨之入骨，冲突的感情啃咬着她的心。他不可能明白自己对凯蒂来说有多重要。

“哦，查理，你不知道我有多爱你吗？”

“但是，亲爱的，我也爱你。但是我们不是生活在一个荒岛上，我们必须尽我们所能，摆脱强加在我们身上的一些情况。你真的必须要理智一些。”

“我怎么能理智呢？对我来说，我们的爱就是一切，而你就是我的全部生命。当我意识到我们的关系对你来说只是一个插曲，我怎么能保持愉快和理智呢？”

“这当然不是一个插曲。但你知道，当你要求我的妻子和我离婚——我非常的依恋她——并要让我为了娶你而毁掉我的事业的时候，你的要求是有点过分的。”

“这并不比我愿意为你做的更多。”

“我们的情况是不同的。”

“唯一的区别就是你不爱我。”

“一个人可以非常爱一个女人，而不希望与她共度余生。”

她猛地看了他一眼，绝望充满了她的内心。大颗大颗的泪珠从脸颊上滑落。

“噢，太残忍了！你怎么能这么无情？”

她开始歇斯底里地抽泣起来了。他焦急地瞥了一眼办公室的门。

“亲爱的，别这样，你要控制你自己。”

“你不知道我有多爱你，”她哭得上气不接下气，“没有你我活不下去。你对我连一点同情都没有吗？”

她说不下去了，放声大哭起来。

“我不想显得冷酷无情，噢，天知道，我不想伤害你的感情，但我必须告诉你真相。”

“我一生都毁了。你为什么要来招惹我呢？不能让我一个人待着吗？我曾经伤害过你吗？”

“当然，如果把所有的责任都推到我身上能让你觉得舒服的话，你可以这样做。”

凯蒂突然勃然大怒。

“所以是我向你投怀送抱？是我一直不停地骚扰你直到你

屈从于我的恳求，跟我在一起？”

“我没那么说。但如果你没有明确表示你已经准备好了和我上床，我肯定是不会想到和你上床的。”

哦，太可耻了！她知道他说的是真的。他现在脸色阴沉，忧心忡忡，双手不安地扭动着。他不时恼怒地瞥她一眼。

“你丈夫会原谅你吗？”过了一会儿他问道。

“我从来没有问过他。”

他本能地紧握住双手。她看到他抑制住了已经冲到嘴边的恼怒。

“你为什么不去找他，让他怜悯你呢？如果他像你说的那样爱你，他一定会原谅你的。”

“你一点都不了解他！”

26

她擦干了眼泪，试图振作起来。

“查理，如果你抛弃我，我会死的。”

她现在迫不及待地要激起他的同情。她应该马上告诉他。当他知道摆在她面前的另一个可怕的选择时，他的慷慨、正义感和男子气概都会被强烈地激发起来的，他一定会顾念她的安危的。哦，她多么渴望感受到他亲切温暖的双臂环绕保护着她！

“沃尔特要我去湄潭府。”

“啊，但那地方正在流行霍乱。那是那个地方五十年来最严重的流行病。这也不是女人该去的地方。你不可能去那儿的。”

“如果你抛弃了我，我就不得不去了。”

“什么意思？我不明白。”

“沃尔特要去接替死去的传教士医生。他要我和他一起去。”

“什么时候？”

“现在。马上。”

查理把椅子往后靠了靠，疑惑地看着她。

“我可能真的很愚蠢，但我不能完全理解你说的。如果他想让你和他一起去这个地方，那离婚是怎么回事？”

“他给了我两个选择。要么我跟他去湄潭府，要么他就会有所行动，比如离婚。”

“哦，我明白了。”查理的语气有了些微的变化，“我觉得他这么做相当正派了，你说呢？”

“正派？”

“好吧，对他来说湄潭府之行简直就是一场冒险吧。但这不是我想要的东西。当然了，当他回来时，他肯定会因此得到一个圣米迦勒及圣乔治勋章。”

“可是我呢，查理？”她痛苦地喊道。

“嗯，我想如果他想让你去，在这种情况下，我看不出来你怎么能拒绝。”

“这意味着死亡。我肯定会死在那里的。”

“哦，见鬼，你说得也太夸张了。如果他预见到了危险，他也不会让你去的。这对你来说，不会有比他更大的风险的。事实上，如果你小心一些，就不会有太大的风险的。发生霍乱时我就在这里，我泰然自若、毫不惊慌。最重要的是不要吃任何没煮熟的东西，不要吃生的水果或沙拉，或诸如此类的东西，还要把水煮沸了再喝。”他越说越充满信心，他思如泉涌、舌灿莲花，他甚至变得不再那么闷闷不乐了，他变得机警，几乎无忧无虑了起来，“毕竟，那是他的工作，不是吗？他对虫子感兴趣。如果你仔细想想的话，这对他来说是个好机会。”

“可是我呢，查理？”她重复道，现在不是带着痛苦，而是带着惊恐地问道。

“好吧，想要了解一个男人的最好方法就是设身处地地为他着想。在他看来，你是个相当顽皮的小东西，他会想办法让你远离危险的。我一直就相信他从来不曾想过和你离婚的，我觉得他不是那种人；但他提出了一个他认为非常慷慨的提议，而你却拒绝了。我不想责怪你，但实际上，为了我们的利益，我认为你应该考虑一下。”

“但是你难道看不出来这个提议会杀了我吗？你难道不知道他带我去那里是因为他知道我会死在那里吗？”

“噢，亲爱的，别那样说。我们正处于一个非常尴尬的境地，真的没有时间去夸大其词了。”

“你已经下定决心视而不见了是吧？”哦，她心里是多么痛苦和恐惧啊，她本可以不顾一切、高声尖叫的，“你不能送我去死。哪怕你对我没有爱和怜悯，你至少也有普通人的感情吧。”

“要说出这些话对我来说也是很难的。在我看来，你丈夫的行为非常有风度。如果你愿意，他会原谅你的。他想把你带走，现在这个机会已经出现了，他可以带你到某个地方，在那里，在几个月内，你都将远离危险。我不会假装湄潭府是一个疗养胜地，我也不认为任何一座中国城市可以被称为疗养胜地，但我们也没有理由对此感到愤怒。事实上，愤慨不已是你能做的最糟糕最无用的事情。我相信，在一场流行病中，死于恐惧的人和死于感染的人一样多。”

“但是我现在很害怕。沃尔特说起这件事时，我几乎晕了过去。”

“刚开始的时候，我完全可以相信这是一个打击，但当你冷静地面对它的时候，你会没事的。这将是一段不是每个人都能有的那种经历。”

“我想，我想……”

她痛苦地来回摇晃。他没有说话，脸上又带上了那种她从未见过的闷闷不乐的表情。凯蒂已经不哭了。她眼睛干瘪，神情镇定，虽然声音很低沉，但也很稳定。

“你想让我去吗？”

“我们没有多少选择的余地，不是吗？”

“是这样吗？”

“我这么跟你说吧，如果你丈夫提起离婚诉讼并胜诉，我也不能娶你的。”

他等待着她的回答，像是过了许久，她慢慢地站起来。

“我认为我丈夫从未想过提起离婚诉讼。”

“那么，看在上帝的分儿上，你为什么要把我吓得魂不附体？”他问道。

她冷冷地看着他。

“他知道你会让我失望的。”

她沉默了。突然间，她隐约地模糊地对沃尔特的想法有了一点了解，就像你在学习一门外语、读一页外语书，起初你什么也读不懂，直到一个词或一个句子给了你一点线索；带着一点怀疑和不确定，这点线索掠过你那浑噩的头脑。它就像一道闪电突然照亮了原本黑暗而不祥的风景，又瞬间被黑夜所掩盖。她看到的东西让她战栗不已。

“他说出那些威胁的话只是因为他知道你会屈服的，查理。真奇怪，他竟然能够如此准确地判断你的行为。就像是他专门把我送来观看如此残酷的幻灭一样。”

查理低头看了看面前的那张吸墨纸。他皱着眉头，嘴巴也不高兴地紧闭着。但他默不作声。

“他知道你虚荣、懦弱、自私。他想让我亲眼看到这一切。他知道你在危险来临时会像野兔一样逃跑。他知道我以为你爱上了我，但这完全是我自欺欺人，因为他知道除了你自己，你不爱任何人。他知道你会毫不迟疑地牺牲我来拯救你自己。”

“如果对我说些卑鄙的话让你真的感到满意的话，我想我没有权利抱怨。女人行事总是不公平的，她们通常会把男人推到错误的一方。但另一方面也有实话要说。”

她完全没有在意他试图打断她。

“现在我也知道了他所知道的一切。我知道你冷酷无情，我知道你自私，不可言喻的自私，我知道你胆小如鼠，我知道你是个满嘴谎言的骗子，我知道你是个十足的卑鄙小人。可悲的是……”她的脸上突然充满了痛苦，“可悲的是尽管如此，我依然全心全意地爱你。”

“凯蒂。”

她苦笑了一声。他叫她的名字时，用的是他那柔情似水、低沉深厚的语调，这语调对他来说是那么的信手拈来，又毫无价值。

“你这个蠢货。”她说道。

他迅速后退了一步，气得涨红了脸；他已经看不透她了。她看了他一眼，觉得有些好笑。

“你开始讨厌我了，是吗？嗯，不喜欢我了。现在对我来说这已经无所谓了。”

她戴上了手套。

“你有什么打算？”他问道。

“哦，别害怕，你是不会受到任何伤害的。你会很安全的。”

“看在上帝的分儿上，凯蒂，别那样说话，”他回答，低沉的声音里充满了焦虑，“你知道的，与你有关的一切都与我有关。我非常想知道会发生什么事。你打算对你丈夫说什么？”

“我要告诉他，我准备和他一起去湄潭府。”

“也许当你同意的时候，他也就不会再坚持了。”

他不知道为什么，当他说这句话时，她会如此奇怪地看着他。

“你不是真的害怕，对吗？”他问她。

“我不害怕，”她说，“你给了我勇气。身处霍乱疫情之中将是一次独特的经历，如果我因此死了，那，我就死了吧。”

“我已经尽我所能地对你好了。”

她又看了他一眼。眼泪又一次涌上她的眼眶，而她的心里早已充满了泪水。这种冲动几乎是无法抗拒的，她想扑到他的胸前，用嘴唇亲吻他的嘴唇。现在都没有什么用了。

“如果你想知道，”她说，尽量保持声音的稳定，“我会带着心碎和恐惧离开。我不知道沃尔特那黑暗扭曲的脑子里在想什么，但我已经吓得直发抖了。我认为死亡可能真的是一种解脱。”

她觉得自己再也无法控制自己了。她飞快地走到门口，趁他还没来得及从椅子上站起来，径自打开门走了出去。查理长长地松了一口气。现在他非常想要一杯白兰地加苏打水。

27

当凯蒂回到家时，沃尔特也在。她本想直接回去她的房间，但他在楼下的大厅里，给他们的一个男仆吩咐事情。她极不情愿地想到，自己需要面对预想中的屈辱。她停下了脚步，面对着他。

“我要和你一起去那个地方。”她说。

“哦，好的。”

“我什么时候需要准备好？”

“明天晚上。”

她不知道她究竟哪里来的精神来虚张声势，也许他的漠不关心就像一根长矛一样刺痛了她。她说了句令自己都吃惊的话。

“我想我只需要带几件夏天用的东西和一件裹尸布，是吗？”

她看着他的脸，她知道她的轻率激怒了他。

“我已经告诉了阿妈你需要什么。”

她点点头，走回自己的房间。她脸色苍白如雪。

28

他们终于到达了目的地。他们日复一日地坐在轿子上，沿着无边无际的稻田之间的一条狭窄的堤道前行。他们总是黎明就出发，一直走到酷热难耐了才在路边找一家客栈暂避，然后又继续前行，直到到达他们计划过夜的城镇，才结束一天的行程。凯蒂的轿子在队伍的最前头，沃尔特紧跟着她，接着是苦力们，扛着他们的衣服被褥、生活用品和其他装备。队伍经过一个又一个陌生的乡村，凯蒂对这些景象视而不见。在漫长的赶路的几个小时里，只有轿夫偶尔说的一句话或唱的一首粗俗的歌会打破沉默。凯蒂痛苦地沉浸在查理办公室里那令人心碎的场景中，那些细节一遍遍在脑海中翻滚。她反复回忆起查理对她说的话和她对他说的话，她惊愕地发现在那间办公室里他们之间的谈话内容是如何往枯燥和务实转变的。她没有说出她想说的话，也没有用她想要用的语气说话。如果她能让他看到她无穷无尽的爱、她内心的激情和无助，他决不会如此残忍，让她听天由命的。当时她是多么不知所措。当查理告诉她，他对她毫不关心时，她简直不敢相信自己的耳朵，但他表现得比说的还要更清楚。这就是为什么她甚至都不大想哭的原因，她是如此茫然惶惑。从那以后她只是流泪，不停地绝望地流泪。

晚上，在客栈里，她和沃尔特睡在一间大客房里，她知道沃尔特就睁着眼睛躺在离她几英尺远的露营床上，她咬着枕头的边缘，不让自己发出任何声响。但白天的时候，在轿子垂帘的保护下，她任由自己涕泪横流。她太痛苦了，以至于她时刻都想大声尖叫，她从来不知道一个人会遭受这么多痛苦。她绝望地问自己，她究竟是做了什么才落到了现在的下场。她不明白查理为什么不爱她，她想这可能是她的错，但她已经尽了一切努力让他喜欢她。他们一直相处得很好，他们在一起的时候总是笑，他们不仅是情人，而且是好朋友。她无法理解，她心若死灰。她告诉自己，她恨查理，也看不起他；但她不知道如果再也见不到他，她该如何生活下去。如果沃尔特以为带她去湄潭府是一种惩罚，那他就太蠢了，她现在还会在乎自己要面对什么样的处境吗？她已经生无可恋，在二十七岁时生命就结束了还真是残酷的事情。

29

在西河的汽船上，沃尔特一刻不停地看书，但吃饭的时候，他会努力想和她聊聊天。他对她说话时，仿佛她是一个陌生人，他只是正好和她偶遇、一起旅行，谈论着一些无关紧要的事情。凯蒂想，他这么做是出于礼貌，或者因为他这样就可以使他们之间的鸿沟变得更加明显。

在觉醒的一瞬间，她告诉查理，沃尔特把她送到他那里，威胁她要么离婚，要么她陪他去那个受灾的地方，以便让她自己亲眼看看查理是多么冷漠、懦弱和自私。这都是事实。这是一个非常符合沃尔特的讽刺幽默的把戏。他很清楚会发生什么，在她回来之前，他就已经吩咐阿妈帮凯蒂收拾东西了。她在他的眼里看到了一种蔑视，蔑视凯蒂，也蔑视她的情人。他曾说道，也许是在自言自语，如果他处在汤森德的位置上，世界上没有什么能阻止他做出任何牺牲来满足凯蒂的心血来潮。她知道这也是事实。但是，当她看清了这一切的时候，他怎么还能让她做一件如此危险的事呢？他一定知道，去湄潭府这件事把她吓坏了。起初她以为他只是在和她开玩笑，直到他们真的动身了，不，直到后来，直到他们离开西河，坐上轿子准备穿越这个国家时，她还以为他会对她笑一笑，告诉她她不必来了。她不知道他在想什么。他不是真的希望她死吧。他是如此的爱她。她现在知道了什么是爱，她记得他对她的成千上万的崇拜。对他来说，她能够翻手为云覆手为雨。他不可能已经不爱她。你停止爱一个人是因为你受到了残酷的对待吗？她并没有像查理对待她那样让沃尔特受苦。但是，如果查理有任何一点表示，不管是什么，即使她现在已经认清了他的真面目，她也会放弃全世界，飞奔到他的怀里的。尽管查理牺牲了她，对她漠不关心，尽管他冷酷无情，她还是爱他。

起初她认为她只需等待时机，沃尔特迟早会原谅她的。她显然对自己对沃尔特的控制力过于自信了，她不相信这种控制力会永远消失。巨浪滔天也不能扑灭爱情的火焰。如果他真的爱她，他就会是软弱的，觉得他必须爱她。但现在她不太确定了。到了晚上，他坐在客栈的红木直背椅子上看书，脸上映着防风灯的灯光，她可以自在地看着他。她躺在铺好的简陋小床上，躺在阴影中。他那挺直、规整的五官使他的脸看起来很严肃。你简直不敢相信，它们偶尔会因为一个甜美的微笑而有所改变。他平静地看书，仿佛她在千里之外。她看到他翻着书页，看到他的眼睛在一行一行地移动。他的心里没在想她。当餐桌摆好、晚餐端进来的时候，他把书放在一边，瞥了她一眼（他不知道脸上的光芒使他的表情变得特别清晰），她惊讶地发现他眼中流露出一种厌恶。是的，她吓了一跳。有没有可能他的爱已经完全离开了他？有可能是他真的设计好了要让她死在湄潭府吗？这太荒谬了。那是一个疯子的行为。奇怪的是，当她想到沃尔特可能有些神志不清的时候，她全身都会哆嗦。

30

突然，那些一路沉默的轿夫，开始交头接耳，其中一个转过身来，用凯蒂听不懂的语言和手势，试图引起她的注意。她朝轿夫指的方向望去，在山顶上矗立着一座牌坊。她现在知道这是对一位幸运中举的学者或者一位贤惠守寡的妇人的纪念。自从他们登岸乘轿之后，她已经路过许多座这样的牌坊了；但渐渐西沉的太阳勾勒出这座牌坊的轮廓，它比她所见过的任何一座牌坊都更加梦幻、更加美丽。然而，不知道为什么，这使她感到不安，它带有一种意义，一种只可意会不可言传的意义，她模糊地想：它是一种威胁还是一种嘲笑？他们正经过一片竹林，竹子过分低垂地斜靠在铺道上，仿佛要留住她。虽然这个夏日的傍晚没有一丝风，但狭窄的竹叶还是在微微颤动。这让她感觉到有人藏在竹林中间目送她走过。现在他们来到了山脚下，稻田里的农夫停止了耕作。轿夫们继续迈着摇摆不定的大步朝前走着。山上密密麻麻地覆盖着绿色的小土堆，一个接一个地紧挨着，看起来就像退潮后布满棱纹的沙滩。她知道这个，因为当他们临近或者离开一座人口稠密的城市时，都会经过这样一个地方——那是墓地。现在她知道为什么轿夫要让她看矗立在山顶的牌坊了：他们已经到达了旅程的终点。

他们穿过了牌坊，轿夫停了下来，把轿杆从一个肩膀换到另一个肩膀。其中一人用一块脏抹布擦了擦汗津津的脸。铺道蜿蜒而下，两边都是横七竖八的房子。夜幕开始降临。但是，轿夫们突然激动地交谈了起来，他们往路旁一跳，差点把凯蒂颠出轿厢。轿夫们把轿子尽可能靠近路边的墙壁。不一会儿，她就知道是什么让他们吃惊了。他们站在那里继续聊天时，四个农民走了过去，他们快速而沉默地走过，抬着一副新棺材，没有上漆，新鲜的木头在逐渐暗淡的暮色中闪着白色的光。凯蒂感到自己的心在胸腔里剧烈地跳动。棺材过去了，但轿夫们依然一动不动；他们似乎无法鼓起勇气继续走下去。但是队伍的后面传来一声喊叫，他们还是出发了。只是他们没再说话。

队伍又前进了几分钟，然后突然拐进了一个敞开的大门。轿厢被放了下来。她到了。

31

那是一所平房。她走进了客厅，坐了下来，苦力们一个接一个地进来，卸下了他们的货物。院子里，沃尔特指挥着他们，这个放这里，那个要放在那里。她身心俱疲，突然听到一个陌生的声音，吓了一跳。

“我可以进来吗？”

她脸一下就红了，然后变得苍白。她已经过度劳累了，遇到陌生人使她紧张。一个人站在黑暗里，这长长的低矮的房间里只有一盏昏暗的灯，他从黑暗中走了出来，他伸出了手。

“我叫瓦丁顿，是海关的副关长。”

“哦，海关。我知道。我听说就你们还待在这儿。”

在昏暗的灯光下，她只能看到他是一个瘦小秃头的男人，个头不比她高，长着一张光秃秃的小脸。

“我就住在山脚下，但是从这条路走上来是看不到我的房子的。我想你们肯定累坏了，不可能再下来和我一起吃晚饭的，所以我让人把晚餐直接送上来，顺便我自己也不请自来了。”

“您能上来我们很高兴。”

“你们会发现这儿的厨师还不错。对了，我也会把沃森的男仆派给你们。”

“沃森不是这里的传教士吗？”

“是的。非常好的家伙。如果你愿意，我明天带你去看看他的坟墓。”

“你真是个好人。”凯蒂笑着说。

这时沃尔特进来了。瓦丁顿在来看凯蒂之前已经向他做了自我介绍，现在他对沃尔特说：“我刚刚告诉你太太，我要和你们一起吃饭。自从沃森死后，除了修女们，我没有什么可谈话的人了。再说我的法语总是词不达意的。还有，你可以和她们谈论的话题也很有限。”

沃尔特说：“我刚叫那个男仆端些喝的过来。”

仆人端来了威士忌和苏打水，凯蒂注意到瓦丁顿旁若无人地自斟自饮起来。当他刚进来时，他说话的方式和轻松的笑声就已经在暗示他可不是完全清醒的。

“祝你好运。”然后，转向沃尔特，“你在这里的工作简直就是为你这个专家量身定做的。他们像苍蝇一样死去。地方官已经被砍了头了，现在是地方军队的指挥官于上校坐镇，这可是份责任重大的苦差事，整天忙着以防止他们抢劫。要我说，如果不赶紧有点什么转机，我们都会在床上被杀掉的。我想让修女们离开这儿，但她们当然是不愿意的，她们都想当烈士，真烦。”

他说话轻声细语，声音里有一种鬼魅般的笑声，所以你听他讲话时也会忍不住微笑。

“那你为什么还没走？”沃尔特问。

“好吧，我已经失去了一半的员工，其他人随时准备躺下然后死去。总得有人留下来把事情都做了吧。”

“你接种疫苗了吗？”

“是的。沃森给我打了。但他自己也这么做了，看来这对他也没有多大好处，可怜的白痴。”他转向凯蒂，他那滑稽的小脸欢快地皱起了眉头，“我认为如果你采取适当的预防措施，不会有太大的风险。把牛奶和水煮开，不要吃新鲜的水果或生的蔬菜。你带了什么留声机唱片吗？”

“不，我想我没带。”凯蒂说。

“噢，那太遗憾了。我多希望你会带一些啊。我已经很久没听过新唱片了，我以前的那些早就已经听厌了。”

男仆进来问他们是否要吃晚饭了。

“你今天晚上不用换衣服了吧，对吧？”瓦丁顿问，“我的男仆上周死了，现在的这个还是个傻瓜，所以我晚上没换衣服就来吃饭了。”

“我去摘下我的帽子就过来。”凯蒂说。

她的房间就在他们所在房间的隔壁，几乎没有什么像样的家具。一个阿妈跪在地板上，灯放在她旁边，她在收拾凯蒂的东西。

32

用来做餐厅的房间其实很小，其中很大一部分还被一张巨大的桌子占据了。墙上刻画着《圣经》中的场景和说明的文字。

“传教士总是有大餐桌。”瓦丁顿解释道，“他们一年里挣的钱就能养活很多个孩子，所以他们结婚时就会买个大桌子，这样就有足够的空间给以后出生的小鬼们。”

天花板上挂着一盏巨大的石蜡灯，这样凯蒂就能更清楚地看到瓦丁顿是个什么样的人了。他的秃顶很具有欺骗性，她以为他年纪很大了，但她现在看到他一定还不到四十岁。他的脸在高高圆圆的前额下显得很小，还没有皱纹，皮肤光洁。他看起来像猴子一样丑陋，但又是一种颇具魅力的丑陋。那是一张有趣的脸。他的五官，他的鼻子和嘴巴，几乎还不到一个孩子的大，他有一双非常明亮的小蓝眼睛，眉毛浅淡而稀疏。他看起来像个有趣的小老男孩。他不停地喝着酒，随着晚餐的进行，他显然离意识清醒越来越远了。但是毫无冒犯之意的讲，他醉得越深就越是兴高采烈，活脱脱就像从熟睡的牧羊人那里偷了葡萄酒囊的潘神一样纵情欢乐。

他谈到了香港，他在那里有很多朋友，他想了解他们的近况。一年前他回香港参加过赛马，他谈到了那些小马和它们的主人。

“顺便问一下，汤森德怎么样了？”他突然问道，“他会成为香港布政司吗？”

凯蒂觉得自己的脸一下红了，但她丈夫没有看她一眼。

“如果他当上了，我不会感到奇怪的。”沃尔特回答道。

“他是那种上进的人。”

“你认识他吗？”沃尔特问。

“是的，我很了解他。我们有一次的行程是一起从英国出发的。”

从河的另一边不时传来锣声和鞭炮声。在那一边，离他们这么近，这座伟大的城市陷入了恐怖之中；死神突如其来地无情地匆匆穿过了它曲折的街道。但在河的这一边，瓦丁顿开始谈论起了伦敦。他谈到了剧院，他知道此刻那里正在演出的一切节目，他告诉他们他上次回家休假时看到的剧目。当他回忆起那位低俗喜剧演员的幽默时，他哈哈大笑；当他想到那位音乐喜剧明星的美丽时，又叹了口气。他很高兴地夸耀自己的一个表弟娶了一位明星。他还和这位弟妹共进了午餐，她把照片送给了他。下次他们去海关和他一起吃饭时，他会拿给他们看的。

沃尔特用冷淡而嘲讽的目光看着他的客人，他显然对他一点也不感兴趣，他只是努力表现出对这些凯蒂非常熟稔而自己知之甚少的话题的礼貌的兴趣。他嘴角挂着淡淡的微笑。但凯蒂，她也不知道为什么，对这一切充满了敬畏。在这个死去的传教士的房子里，在受灾城市的对面，他们似乎与世界相隔甚远。三个孤独的生命，彼此陌生，又聚餐一室。

晚饭吃完了，凯蒂从桌子旁站了起来。

“希望你们不要介意我跟你们道晚安了，我要去睡觉了。”

“我也要告退了，我想费恩医生也要去睡觉了吧。”瓦丁顿回答道，“我们明天必须早点出门。”

他和凯蒂握了握手。他还能站得很稳，但他的眼睛比以往任何时候都更明亮。

“我会来接你的。”他对沃尔特说，“带你去见地方官和于上校，然后我们一起去修道院。我可以告诉你，这里的工作就是为你量身定做的。”

33

一晚上，凯蒂都被奇怪的梦折磨着。她似乎又坐在了轿子上，她感觉到轿夫步履不稳，步幅很大，轿子剧烈地摇晃着。她进入广阔而昏暗的城市，人群用好奇的目光围观她。街道狭窄而曲折，在开着的商店里，摆着各种奇怪的商品，当她经过时，车辆行人都停了下来，买东西的人和卖东西的人也都停了下来。然后她来到了牌坊下面，牌坊的奇妙轮廓似乎突然变得可怕。它反复无常的轮廓就像印度神挥舞的手臂，当她从它下面走过时，她听到了嘲弄的笑声反复回响。但是接着查理朝她走来，把她抱在怀里，把她从轿子里抬了起来，说这完全是一个错误，他从来没有打算像那样对待她，因为他爱她，没有她他就活不下去。她感觉到他吻了她的嘴，她高兴得哭了，问他为什么这么残忍，但尽管她问了，她知道这已经不再重要了。接着一声嘶哑的、突然的叫声把他们分开了。在他们中间，穿着破烂的蓝色衣服的苦力们悄悄地走过，他们抬着棺材走了过去。

她一下子惊醒了。

这所平房坐落在一座陡峭小山的山腰处，从她卧室的窗户可以看到山脚下狭窄的河流和对岸的城市。刚刚破晓，河面上升起了一层白色的薄雾，笼罩着紧挨在一起的帆船，像豆荚里的豌豆。那里有数百条船，在鬼魅般的光影中，它们沉默而神秘，船上的船员也像被施了魔法，因为他们不像是睡着了，而像是被某种奇怪而可怕的咒语变得如此安静和沉默。

清晨渐渐降临，太阳照在薄雾上，让它们像一颗垂死星球的积雪一样发出洁白的光芒。虽然河上光线很淡，但你还是可以勉强辨认出拥挤的船艇和茂密的桅杆林，它们的前面则是一堵眼睛无法穿透的闪亮的墙。突然，从那片白色雾霭中出现了一座高大、阴森、恢宏的堡垒。它似乎不仅仅是被照耀一切的太阳照亮了，而是凭着一根魔杖的神力从虚无中升起。它矗立在河的上方，像是一个残忍野蛮部落的据点。但是建造城堡的魔术师很快就完成了工作，现在彩色墙壁的一角已经出现在了堡垒表面。不一会儿，在雾霭中，隐约显出一簇簇绿色和黄色的屋顶，星星点点地反射着黄色的阳光。那些屋顶看起来都很大，看不出任何样式，也看不出什么秩序，如果它们是按照某种秩序建造的话。它们看起来任意、奢侈，却有着难以想象的丰富。那不是堡垒，也不是庙宇，而是某些神仙的魔法宫殿，任何人类都不能进入。它太空灵、太神奇、太虚幻，不可能是人类的作品，那是一个梦境般的存在。

泪水顺着凯蒂的脸颊流了下来，她凝视着这样的景象，双手紧握着胸口，嘴唇微微张开，感觉已经喘不上气了。她从未感到过如此放松的心情，似乎灵魂也受到了荡涤，自己的身体就像一个躺在她脚下的贝壳。这就是美。她拥有着它，就像信徒嘴里含着象征上帝身体的圣饼一样。

34

因为沃尔特每天都是一大早就出去了，中午只回来半个小时吃午餐，晚上直到晚饭准备好才会回来，凯蒂发现自己大部分时候都是孤零零的一个人。有好几天她一步也没离开过这所平房。天气很热，她一天中的大部分时间里都在开着的窗户旁边、躺在一把长椅上，试着看看书。正午的强光夺走了魔法堡垒的神秘，现在它只不过是城墙上的一座庙宇，花哨而简陋，但因为她曾见过它那么震撼人心的一面，它就再也不是普通庙宇了。她常常会在黎明、黄昏或者夜晚的时候，重新发现那种美丽。在她看来的宏伟堡垒不过是一片城墙。她的眼睛总不断地落在这座巨大而黑暗的城墙上。在它的条条裂缝后面，一座城市正被瘟疫肆虐着。

她模模糊糊地知道那里正发生的可怕的事情。她不是从沃尔特那里知道的。当她问沃尔特时，沃尔特总是以一种幽默的、漠不关心的态度敷衍她（除此之外，他很少和她说话），这常使她背脊发凉。她是从瓦丁顿和阿妈那里听到的。在那座城市里，每天都有上百人死去，几乎没有一个受到疾病侵袭的人能够康复。神像被从废弃的庙宇中抬了出来，安放在街上。祭品摆在它们面前，祝祷一次次举行，但它们却没有阻止这场瘟疫。人们死得很快，几乎不可能一一埋葬他们。有些家庭遭遇了灭顶之灾，已经没有活人能够履行葬礼的义务了。地方军队的指挥官是一个有主见的人，要不是他的决心和勇气，这座城市早已被暴乱和纵火所控制了。因为没有其他人手，他命令他的士兵去埋葬尸体，他自己亲手射杀了一名不愿进入一所染病房屋的军官。

凯蒂有时也会害怕得心慌意乱、四肢颤抖。如果你采取了合理的预防措施，那么风险就很小了，这么说起来容易，但是她已经惊慌失措了。她在脑海里反复思量着疯狂的逃跑计划。要逃走，一定要逃走，她准备现在就出发，独自一人，除了身上的衣物，什么都不带，独自一人逃到一个安全的地方去。她想去乞求瓦丁顿的垂怜和帮助，把一切都告诉他，恳求他帮助她回到香港。实在不行，她就跪在丈夫面前，承认她害怕了，真的害怕了，即使他现在恨她，他也一定还保留着足够的人性来同情她。

但她知道，这是不可能的。如果她跑了，她又能跑去哪里呢？不能去找母亲。她母亲会让她清楚地认识到，把她嫁出去之后，母亲就指望着能一劳永逸地摆脱她，而且她也不想去找她母亲。她想去找查理，但他不想要她。她知道如果她突然出现在他面前，他会说什么。她仿佛已经看到了他闷闷不乐的表情和他迷人双眼背后精明的冷酷。他很难对她说出什么好听的话来。她握紧了双手。她一定会不惜一切代价羞辱查理，就像他羞辱她一样。有时，她会被一种疯狂的情绪控制住，她希望当初沃尔特和她离婚，这样就能彻底毁了她，也能毁了他。当她回忆起他对她说的一些话时，她羞得满脸通红。

35

她第一次和瓦丁顿单独在一起的时候，就把话题转到了查理身上。瓦丁顿在他们到达的当天晚上就谈到了查理。她假装查理只是她丈夫的熟人。

“我从来都不太在意他，”瓦丁顿说，“我一直认为他是个讨厌的人。”

“你一定很难被人讨好。”凯蒂回答道，用一种她可以轻易运用的明快、打趣的方式，“我想他绝对是香港最受欢迎的人了。”

“我知道。那是他的拿手好戏。他是一个受欢迎的人。他有一种天赋，那就是让他遇到的每一个人都觉得自己是这个世界上唯一他想见的人。他总是愿意做一些对他自己没有任何麻烦的事，即使他没做成你想让他做的事，他也会设法给你留下这样的印象，这件事情没做成只是因为它就不可能做成。”

“这确实是一个吸引人的特点。”

“我想，魅力，除了魅力，如果什么都没有的话，最后变得有点令人厌烦的。与一个不太会讨人喜欢但更真诚一点的人打交道会让人更轻松一些。我认识查理·汤森德已经很多年了，有一两次我揭穿了他的面具——你看，我从来都不在乎名利，我只是海关的一个下级官员——我知道他心里只在乎他自己。”

凯蒂轻松地躺在椅子上，用微笑的眼睛看着他，不停地转动着手指上的结婚戒指。

“他当然会青云直上的。他熟悉所有的为官之道。在我死之前，我确信有一天我会称呼他为阁下的，当他走进房间时，我会站起来的。”

“大多数人认为他应该得到晋升。人们普遍认为他很有能力。”

“能力？真是胡说八道！他是个非常愚蠢的人。他给你的印象是，他飞快地完成了他的工作，而且表现得相当出色。但其实不是这样的。他倒是确实像欧亚混血的小职员一样勤劳。”

“那他怎么会有聪明的名声呢？”

“世界上有很多愚蠢的人，当一个地位相当高的人不摆架子，拍拍他们的背，告诉他们他愿意为他们做任何事时，他们很可能就会认为他很聪明。当然，还有他妻子的功劳。我可以说，她是一个能干的女人。她头脑清醒，她的建议总是很有见地。只要查理·汤森德能依靠她，他就绝对不会做傻事的，这对在政府工作的男人来说是头等大事。他们不需要聪明人，聪明人有想法，想法会带来麻烦。他们需要有魅力和机警的男人，而且还得指望着他们永远不会犯错。哦，是的，查理·汤森德会扶摇直上的。”

“我想知道你为什么不喜欢他？”

“我没有不喜欢他。”

“但是你更喜欢他的妻子？”凯蒂笑着说。

“我是个老派的小男人，我喜欢有教养的女人。”

“我希望她的穿着打扮配得上她的教养。”

“她穿得不好吗？我从来没有注意到。”

“我一直听说他们是一对忠诚的夫妻。”凯蒂说，扑闪着睫毛看着瓦丁顿。

“他很喜欢她，这是他值得肯定的地方。我认为这是他最体面的地方了。”

“真是个冷淡的赞美啊。”

“他喜欢调情，但都不是认真的。他太狡猾了，不会让那些风流韵事发展到可能给他带来不便的地步的。当然了，他不是一个充满激情的人，他只是个虚荣的人。他喜欢听漂亮话。他很胖，现在该四十岁了，他把自己拾掇得挺好，但是当他第一次到香港的时候，他更漂亮。我经常听到他妻子取笑他又征服了谁。”

“她对他跟人调情不以为意吗？”

“哦，她并不在意，她知道他们走不了多远。她说她希望能和查理手里那些可怜的小东西们交朋友，但她们总是那么普通。她说，爱上她丈夫的女人都无一例外是一些二流货色，这对她来说可不是什么值得炫耀的事。”

36

当瓦丁顿离开后，凯蒂仔细思量着他不以为意地说的那些话。这不是一些令人愉快的话，她不得不努力不让别人看出这些话对她有多大的影响。想到他所说的一切都是真的，她痛苦不已。她知道查理既愚蠢又虚荣，渴望奉承，她还记得他自鸣得意地给她讲了些小故事来证明自己的聪明。他为自己的卑鄙狡诈而自豪。如果她把自己的心如此热情地献给这样一个男人，因为——就因为他有一双漂亮的眼睛和漂亮的身材，那她将是多么一文不值啊！她希望自己看不起他，因为只要她恨他，她就知道她几乎还爱他。他对待她的方式应该已经让她大开眼界了。沃尔特一直鄙视他。哦，要是她能把查理完全忘掉就好了！他的妻子有没有取笑他，说凯蒂显然迷恋着他？多萝西本想和她交朋友的，但她发现了自己只是二流货色。凯蒂微微一笑：如果母亲知道她女儿被这样定义的话，她会气到发疯吧！

但是到了晚上，她又梦见了查理。她感觉到他的双臂紧紧地搂着她，他热情洋溢地吻着她的嘴唇。他四十岁，胖了一点，那又有什么关系呢？她温柔地笑了起来，因为他太在意这些了。她因为他孩子气的虚荣心而更加爱他，她可以为他难过，安慰他。当她醒来时，眼泪不住地从她的眼里流出来。

她不明白自己为什么像这样在睡梦中哭泣，在她看来是如此的可悲。

37

她每天都能见到瓦丁顿，因为他做完一天工作之后，总是上山来费恩家的平房里坐着。因此，一个星期后，他们形成了一种亲密的关系，而在其他情况下，人们在一年内几乎都不可能达到这种亲密的关系。有一次，凯蒂告诉他，如果没有他，她不知道自己在这里会做什么，他笑着回答：

"你看，你和我是这里唯一两个在坚实的土地上安静而平和行走的人。修女们在天堂里行走，而你的丈夫——在黑暗中。"

虽然她漫不经心地笑了笑，但她不知道他是什么意思。她觉得他那快乐的蓝色小眼睛正以一种亲切但令人不安的目光扫视着她的脸。她已经发现他很精明，她觉得她和沃尔特之间的关系肯定已经激发了他玩世不恭的好奇心。她肯定已经把他弄糊涂了，这让她觉得有点好笑。她喜欢他，她知道他对她很好。他既不机智，也不聪明，但他能用一种干练而精辟的方式来讲述有趣的事情，他那张滑稽的、孩子气的脸在秃顶的脑壳下，常常笑得前仰后合，他的话有时非常滑稽。他在这个边远地区已经生活了很多年了，经常无法与自己相同肤色的人交谈，他的个性是在怪异的自由中发展起来的。他狂热又怪异。他的坦率倒令人大开眼界。他似乎是以一种开玩笑的方式在看待生活，他对香港的那些人的嘲笑是尖刻的；但他也嘲笑了湄潭府的中国官员，以及肆虐这里的霍乱。他在讲一个悲剧故事或英雄主义故事时，难免会显得有点荒谬。他有许多关于他在中国二十年冒险经历的逸事，你会从中得出的结论就是，地球是一个非常古怪、奇异和可笑的地方。

尽管他否认自己是一名中国通（他发誓说汉学家像野兔一样疯狂），但他能轻松流利地说汉语。他很少读书，他所知道的都是他从谈话中学到的。但他经常给凯蒂讲中国小说和中国历史中的故事，尽管他讲这些故事时带着他天生的轻快的口吻，但却很幽默，甚至很温柔。在她看来，也许是无意识地，他接受了中国人的观点，认为欧洲人是野蛮人，他们的生活是愚蠢的——一个明智的人只有在中国，才能够发现这样的真相。这是值得深思的真相。凯蒂从来没有听过这样对中国人的评价，人们说起中国人总说他们颓废、肮脏和不可理喻。仿佛帷幔的一角被掀开了一会儿，她瞥见了一个色彩绚烂、意义丰富的世界，这是她做梦也想不到的。

他坐在那里，谈笑风生，自斟自饮。

“你不觉得你喝得太多了吗？”凯蒂大胆地对他说。

“这是我生活中最大的乐趣。”他回答，“此外，它还能预防霍乱。”

当他离开费恩家时，他一般都已经喝醉了，但他酒量其实很大。这让他有一些好笑，但并不令人生厌。

一天晚上，沃尔特比平时早回来，请他留下来吃晚饭。这时发生了一件奇怪的事。他们喝了汤，吃了鱼，然后男仆把一份新鲜的蔬菜沙拉和鸡肉端给了凯蒂。

“天哪，你不会要吃那个吧。”瓦丁顿看着凯蒂吃了一些，大声说。

“是的，我们每晚都吃一些沙拉。”

“我妻子喜欢吃。”沃尔特说。

盘子被递给了瓦丁顿，但他摇了摇头。

“非常感谢，但我现在还不想自杀。”

沃尔特冷冷地笑了笑，自己也吃了一些。瓦丁顿什么也没说，后来他变得出奇地沉默，晚饭后不久就告辞了。

的确，他们每晚都吃沙拉。他们到达的两天后，一脸漠不关心的中国厨子就把它端上了桌，凯蒂也不假思索地吃了一些。沃尔特迅速向前倾着身子。

“你不该吃那个。这孩子真是疯了，居然端上了沙拉。”

“为什么不能吃呢？”凯蒂盯着他问道。

“这是很危险的，现在吃沙拉简直就是疯了。你就是在自杀。”

“我想这就是我想做的。”凯蒂说。

她开始冷静地吃了起来。她被她不知道哪里来的虚张声势的精神攫住了。她用嘲弄的眼神看着沃尔特。她觉得他脸色有点苍白，但当沙拉递到他面前时，他自己动手用了一些。厨子发现他们没有拒绝吃沙拉，就每天都给他们端上来一些，他们也每天都把它吃掉，像是在向死亡招手。冒这样的风险真是荒唐至极。对这种疾病，凯蒂内心无比恐惧，但她觉得自己不仅是在恶意地向沃尔特报仇，也是在蔑视自己绝望的恐惧。

38

就在第二天，瓦丁顿下午到了费恩家的平房，坐了一会儿，问凯蒂是否愿意和他一起出去散散步。自从他们到这儿之后，她就没有离开过院子。凯蒂高兴地答应了。

“恐怕也不会走多远，”他说，“但是我们可以走到山顶。”

“哦，好的，我想知道牌坊怎么去。我经常在阳台上看到它。”

一个男仆为他们打开了沉重的大门，他们走上了尘土飞扬的小路。他们向前走了几步，突然凯蒂惊恐地抓住瓦丁顿的手臂，发出一声惊叫。

“看！”

“怎么了？”

在院子外墙的墙脚下，一名男子仰面躺着，双腿伸开，双臂举过了头顶。他穿着一身打补丁的蓝色破布衣服，一头乱七八糟的中国乞丐的典型头发。

“他看起来好像死了。”凯蒂喘着气说。

“他是死了。来吧，你最好看别的地方。我们回来的时候，我会找人把他搬走的。”

但是凯蒂颤抖得厉害，她无法动弹。

“我以前从未见过死人。”

“那你最好快点习惯，因为在你离开这个令人不愉快的地方之前，你会看到很多。”

他握住她的手，把它放在胳膊上。他们默默地走了一会儿。

“他是死于霍乱吗？”她终于问道。

“我想是的。”

他们一路上山，一直走到牌坊前。牌坊雕刻精美。神奇而讽刺的是，它就像周围田野中的地标一样矗立着。他们坐在台座上，面向着广阔的平原。小山上散布着一个个绿色的小坟堆，坟堆杂乱无章地排列着，而不是一排排的，所以你会觉得在地面下他们一定会奇怪地互相推挤在一起。狭窄的辅道蜿蜒曲折地徘徊在绿色的稻田中。一个小男孩坐在一头水牛的脖子上，慢慢地把它赶回家，三个戴着宽大草帽的农民在沉重的负载下侧着身子懒洋洋地走着。炎热的白天过后，山顶上傍晚的微风是令人愉快的，广阔的乡村给饱受折磨的心灵带来了一种宁静的忧郁。但是凯蒂依然无法摆脱死去的乞丐的阴影。

“你周围的人都快死光了，你怎么还能谈笑风生、喝威士忌呢？”她突然问道。

瓦丁顿没有回答。他转过身来看着她，然后把手放在她的胳膊上。

“你知道，这不是个女人该来的地方。”他严肃地说，“你为什么不离开呢？”

她透过长长的睫毛斜视了他一眼，嘴角掠着微笑的影子。

“我以为在这种情况下，妻子应该待的地方就是她丈夫的身边。”

“当他们打电报给我说你要和费恩一起来时，我很惊讶。但我突然想到，也许你是一名护士，那这一切就顺理成章了。我原以为你是那种脸色阴沉的女人——当你生病住院时，她会让你过着狗一样的生活。当我走进平房看到你坐下来休息时，我惊讶到一根羽毛都可以把你推倒。你看上去那么脆弱，那么苍白，那么疲倦。”

“你可不能指望我在路上折腾了九天之后，还能保持最佳状态。”

“你现在依然看起来很脆弱，很苍白，很疲倦，如果你允许我这么说的话，你看起来非常不愉快。”

凯蒂禁不住红了脸，但她还是发出了一声听起来非常愉快的笑声。

“我很遗憾，你不喜欢我的表情。我看起来不高兴的唯一原因就是，从12岁起，我就知道我的鼻子有点太长了。所以怀有一种隐秘的悲伤的表情是一种最有效的姿态，你可想不到有多少可爱的年轻人想来安慰我。”

瓦丁顿那双蓝色明亮的眼睛盯着她，她知道他一句话也不相信。只要不捅破这谎言的窗户纸，她也不在乎说谎。

“我知道你结婚的时间不长，所以我以为你和你丈夫还是新婚燕尔、如胶似漆。我无法想象他希望你来，但也许是因为你坚决不肯一个人留在香港。”

“这是一个非常合理的解释。”她轻描淡写地说。

“是的，但它不是真的。”

她等着他继续讲下去，但是又害怕他将要说的话，因为她对他的精明了如指掌，并且她知道他总是毫不犹豫地说出自己的想法。但她又无法抑制想听他谈论自己的欲望。

“我一点儿都不认为你爱你的丈夫。我觉得你讨厌他。如果说你恨他，我也不会感到太惊讶的。但我敢肯定你害怕他。”

她把目光移开了一会儿。她不想让瓦丁顿看出他说的话对她产生了任何影响。

“我怀疑你不太喜欢我丈夫。”她冷嘲热讽地说。

“我尊敬他。他有头脑、有性格。我可以告诉你，这是一个非常不寻常的组合。我想你可能不知道他在这里干什么，因为我认为他对你不是很坦诚。如果任何一个人能够单枪匹马阻止这场可怕的流行病的话，他就是这个人。他正在给病人治病，清理城市，试图让饮用水变得干净。他不在乎去哪里，也不在乎做什么。他每天都要冒 20 次生命危险。于上校对他言听计从，甚至都把军队交给了他处置。他甚至能对地方官施加一点压力，这个家伙是真的想做点什么。修道院的修女们对他极其信赖，她们认为他是个英雄。”

“是吗？你不这么认为？”

“毕竟这不是他的本职工作，对吗？他是一位细菌学家。没有人叫他来这里。他没有让我觉得，他是对所有这些垂死的中国人充满了同情。沃森则不同，他热爱全部人类。虽然他是一名传教士，但无论他们是基督徒、佛教徒还是其他教徒，对他来说都没有任何区别，他们只是人类。你丈夫如果不来这里也不是因为他不关心十万中国人死于霍乱，但是他来这里也不是为了科学。他为什么要来这里？”

“那你最好问问他。”

“看到你们在一起我就很感兴趣。我有时想知道你一个人的时候都做什么。当我在那里的时候，你们两个都在演戏，而且演得很糟糕，哎呀太糟糕了。如果这就是你们最好的表演的话，你们两个谁都别想在巡演公司里每周赚到 30 个先令。”

“我不明白你的意思。”凯蒂微笑着，装出一副轻浮的样子，她知道这也是她的一面。

“你是个非常漂亮的女人。有趣的是，你丈夫从来不看你一眼。当他跟你说话时，听起来好像不是他的声音，而是他用别人的声音在说话。”

“你认为他不爱我吗？”凯蒂低声问道，她声音嘶哑，突然没了那份轻盈。

“我不知道。我不知道是不是他对你充满了厌恶，一靠近你就让他起鸡皮疙瘩，还是因为某种原因，他虽然为情所困但是不愿意表露自己的爱。我有时候也问自己，你们俩是不是来自杀的。”

凯蒂还记得瓦丁顿那惊愕的一瞥，就是当沙拉被端上来的时候，后来瓦丁顿转而仔细地审视他们。

“我觉得你太小题大做了。”她轻率地说，站了起来，“我们回家好吗？我肯定你想要一杯威士忌加苏打水了。”

“无论如何，你都不是女英雄。你吓得要死。你确定你不想离开吗？”

“这跟你有什么关系？”

“我可以帮你。”

“你是爱上我那隐秘的悲伤的表情了吗？看看我的侧面，你说我的鼻子是不是有点太长了。”

他若有所思地望着她，明亮的眼睛里流露出一种恶意的、嘲讽的神情，但与之交织在一起的是一个影子，就像一棵长在河边的树带着水中的倒影。那是一种奇异的亲切的表情。这让凯蒂突然流下了眼泪。

“你必须留下吗？”

“是的。”

他们从华丽的牌坊下穿过，走下了山。当他们来到院子前时，他们看到了那个乞丐的尸体。他抓住她的手臂，但她挪开了他的手。她一动不动地站着。

“太可怕了，不是吗？”

“什么？死亡。”

“是的。死亡让其他一切都显得微不足道。他看起来都不像个人。当你看着他时，你很难相信他曾经活过。很难想象，仅仅几年之前，他还只是一个小男孩，在山道上奔跑着放风筝。”

她终于忍不住呜咽了起来。

39

几天后，瓦丁顿和凯蒂坐在一起，手里拿着一大杯威士忌加苏打水，开始跟她谈起了修道院。

“院长嬷嬷是一位非常出色的女性。”他说，“其他修女告诉我，她属于法国最高贵的家庭之一，但她们不告诉我是哪个。她们说，院长嬷嬷不希望人们谈论此事。”

“你这么感兴趣，为什么不直接问问她呢？”凯蒂笑着说。

“如果你认识她，你就会知道问她任何一个轻率的问题都是不可能的。”

“如果她能给你留下令人敬畏的印象，那她一定非常了不起。”

“我是她的传信人。她要我跟你说，虽然你当然不想冒险到流行病的中心去，但如果你不介意的话，她会很高兴带你参观参观修道院的。”

“她真是太好了。我原本以为她都不知道我的存在呢。”

“我跟她们说起过你，我现在每周去那里两三次，看看我能做些什么，而且我敢说你丈夫也已经告诉她们了。你必须要有心理准备，她们对他可是有无限的钦佩的。”

“你是天主教徒吗？”

他那双邪恶的眼睛闪烁着光芒，滑稽的小脸因笑声而皱起。

“你为什么冲我笑呢？”凯蒂问。

“加利利[①]能有什么好人？不，我不是天主教徒。我把自己描述成英国国教的一员，我想这是一种不得罪人的说法，比较委婉地表示你其实也不太相信任何东西……十年前，院长嬷嬷来这里的时候，她带来了七个修女，现在除了三个以外，其余都死了。你看，就算是在最好的时候，湄潭府也不是一个疗养胜地。她们就住在城市的中心区，在最穷的地区，她们工作非常努力，而且从不休假。”

“但是现在那里只有三个修女和院长嬷嬷了？”

“哦，不，后来又来了人接替了她们的位置。现在有六个人。有一个修女在疫情开始时就死于霍乱了，另外两个是从广州过来的。”

凯蒂有点发抖。

“你冷吗？”

“不，只是有人走过了我的坟墓[②]。”

① 圣经中称耶稣是加利利人，加利利也被认为是耶稣传道的主要地区之一。

② 无故打冷战时的迷信说法。

“当她们离开法国时，就是永远地离开了法国。她们不像新教传教士，时不时有一年的假期。我一直认为那一定是最难接受的事情。我们英国人对故土没有很强的依恋，我们可以在世界上任何地方安居乐业，但我认为法国人对他们国家的依恋是一种实实在在的纽带。当他们离开法国的时候，他们从来都不会真正地放松下来。在我看来，这些女性做出这样的牺牲是非常感人的。但我想如果我是天主教徒，我会觉得这很自然。”

凯蒂冷冷地看着他。她不太明白这个小个子男人说话究竟秉承着一种什么样的感情，她心里暗暗思量，这是不是只是一种姿态。他喝了很多威士忌，也许他的头脑还没有完全清醒。

“你自己去看看吧，”他说着，带着戏谑的微笑，很快就读懂了她的心思，“这可没有吃生西红柿那么危险。”

“如果你不害怕，我也没有什么理由害怕。”

“我想你会觉得有趣的，那里有点像法国。”

40

他们乘舢板过了河。一乘轿子在渡头上等着凯蒂，她坐着轿子一路上山，一直来到水门。苦力们就是在这里从河里取水的，他们用扁担挑着巨大的水桶，急匆匆地在堤道上来回奔走，把堤道洒溅得到处是水，好像下过大雨一样。抬着凯蒂的人发出短促尖锐的叫声，敦促挑水的苦力们让路。

“当然了，所有的生意都干不下去了。”瓦丁顿走在她身边说，“在正常情况下，你得跟这些在舢板上搬货物的苦力们打上一架才能打出一条路来。”

街道狭窄弯曲，凯蒂坐在轿子里，完全不知道她要去的是什么方向。许多商店都已经关了门。在从香港到湄潭府的旅途中，她已经习惯了中国街道的凌乱，但这里街道上堆的垃圾和各种废弃物看上去已经有几周都没有清理了；恶臭难当，她不得不用手帕捂住鼻子。穿过之前那些中国的城市时，她常常被人群的围观弄得不知所措，但在这里人们只是冷漠地瞥了她一眼。这些路人三三两两地走在路上，不是像往常一样挤在一起，似乎都一心想着自己的事情。凯蒂一行被恐惧笼罩着，无精打采地往前走着。他们有时会经过一所房子，听到里面传来敲锣声和不知名的乐器持续发出尖锐的哀鸣声。那是在那些关着的门后面，又有一个人死了。

“我们到了。”瓦丁顿终于说出了这句话。

轿子停在了一个小门口，上面有一个十字架，挂在长长的白墙上，凯蒂从轿子里走了出来。瓦丁顿按了按门铃。

“你知道，你也不能指望这里多么富丽堂皇。她们穷得要命。”

一个中国女孩打开了门，在瓦丁顿跟她说了一两句话后，她把他们让了进来，领进走廊一侧的一个小房间里。小房间里有一张铺着格子油布的大桌子，四周是一套硬木椅子。房间的一端是一尊圣母的石膏雕像。不一会儿，一个修女进来了，她身材矮小丰满，面容朴实，双颊通红，眼睛炯炯有神。瓦丁顿把凯蒂介绍给她，还称呼她苏尔·圣约瑟夫。

“这是医生夫人吗？”她微笑着用法语问道，然后补充说，“院长嬷嬷一会儿会直接过来接待你们。”

圣约瑟夫修女不会说英语，凯蒂的法语也不太流利；然而，瓦丁顿却能滔滔不绝地用他流利但错误百出的法语跟修女谈笑风生，用一连串诙谐的话把好脾气的修女逗得前仰后合。她那欢快、轻松的笑声使凯蒂大吃一惊。她以为宗教信仰总是让人严肃的，这种甜蜜而孩子气的欢乐感动了她。

41

门开了，院长嬷嬷走进了小房间。正如凯蒂所想象的，门不像是自然被推开的，而好像是门自己向后打开了一样。院长嬷嬷在门槛上站了一会儿，看着笑嘻嘻的修女和瓦丁顿皱巴巴的小丑脸，嘴角挂着严肃的微笑。然后她走上前去，向凯蒂伸出了手。

“费恩太太？”她说英语时带着浓重的口音，但发音十分正确，她鞠了一躬，“我很高兴认识我们这位善良勇敢的医生的妻子。”

凯蒂觉得院长的眼睛长久地、毫无顾忌地注视着她。这是如此坦率的眼神，它不会显得不合礼仪。你会觉得这个女人天生就是要评定他人，而对她来说，从来都不需要什么阴谋诡计。她带着一种庄重而和蔼可亲的态度示意来访者坐下。圣约瑟夫修女静静地微笑着，但不再说话了，她在院长身后一些的地方，静静地站着。

“我知道你们英国人喜欢喝茶，”院长嬷嬷说，“我这儿已经买了一些。但很抱歉她们恐怕会用中国的方式来泡茶。我知道瓦丁顿先生更喜欢威士忌，但恐怕这儿不能给他上酒。”

她微笑着，严肃的眼睛里流露出一丝嘲弄。

“噢，别这样，我的嬷嬷，你说话的口气好像我是个十足的酒鬼似的。”

“我希望你能说你再也不喝酒了，瓦丁顿先生。”

“无论如何，我也可以说，我从不喝酒，除非喝得太多。”

院长嬷嬷笑了，把这句轻率的话翻译成法语，说给了圣约瑟夫修女。她用友好的目光久久地看着他。

“我们必须体谅瓦丁顿先生，因为有两三次，当我们身无分文、不知道如何喂饱那些孤儿时，瓦丁顿先生都向我们伸出了援手。”

那个为他们开门的中国信徒端着一个托盘走进了房间，托盘上有中式茶杯、茶壶和一小盘法国玛德琳蛋糕。

“你必须尝尝这个玛德琳蛋糕，”院长嬷嬷说，“这是圣约瑟夫修女今天早上特意为你做的。”

他们喝着茶开始闲聊家常。院长嬷嬷问凯蒂她在中国待了多久，香港过来的长途跋涉是不是让她感到非常疲惫。她问她是否去过法国，是否觉得香港的气候不适合她。这是一次琐碎而友好的谈话，却能将人从疫病横行的绝望环境中拯救出来。客厅里非常安静，你简直不敢相信自己正身处人口稠密的城市之中。和平安宁常驻在那里。然而，这场瘟疫在四周肆虐，人们恐惧不已，坐立难安，但却被类似土匪强盗的军人用他的坚强意志紧紧地控制着。在修道院里，医务室里挤满了生病和垂死的兵丁，修女收养的孤儿也有四分之一已经在这场瘟疫中被夺走了生命。

不知道为什么，这位跟她亲切聊天的严肃女性吸引了凯蒂的全部注意力，她认真地观察着院长嬷嬷。院长穿着一身白色的衣服，唯一的色彩来自胸前似乎燃烧着的红色心形图案。她是个中年女性，可能有四五十岁，但是这很难说，因为她光滑苍白的脸上几乎没有皱纹。你得到的印象是，她已经不再年轻，因为她举止端庄，自信笃定，她有一双消瘦的、强壮美丽的手。她的脸很长，嘴巴也很大，牙齿大颗而整齐；鼻子虽然不小，却纤细而精致；而瘦削、浓黑的眉毛下一双眼睛更是赋予了她的脸强烈而悲剧性的色彩。那是一双黑色的大眼睛，虽然并不十分冷峻，但它们的平静和稳定却令人感到不可思议。当你看到院长嬷嬷时，你的第一个想法是，当她还是一个年轻女孩时，她一定很漂亮，但你马上意识到，这是一个女人，她的美丽取决于她的性格，随着年龄的增长而增长。她的声音深沉、浑厚、有控制力，无论她说英语还是法语，她都说得很慢。但她最引人注目的地方是她有一种权威的气质，一种由基督教的仁慈所调和的权威气质，让人不由得想对她唯命是从。别人的服从对她来说是自然的，但她也是谦卑地在领受这些服从。她深刻地意识到是教会的权威在支撑着她。但凯蒂猜测，尽管她举止肃穆有度，但她对人类的脆弱仍然抱有一种宽容。当她听到瓦丁顿毫不掩饰地胡说八道时，她也会严肃地微笑，她的内心应该仍然有着一种活泼的荒谬感。

但她身上还有一些别的品质，凯蒂能隐约感觉到，但还无法言说。院长嬷嬷亲切、优雅，凯蒂觉得自己在她面前像一个笨拙的女学生，但那些隐约的品质又将凯蒂拒之千里。

42

“Monsieur ne mange rien.（先生还是不吃东西。）”圣约瑟夫修女用法语说道。

“先生的味觉被满族的菜肴给搞坏了。”院长嬷嬷回答说。

圣约瑟夫修女脸上的笑容消失了，她的表情显得有些拘谨。瓦丁顿淘气地瞥了一眼，拿起了一块蛋糕。凯蒂不明白究竟发生了什么事。

“为了向你证明你这话是多么不公平，我的嬷嬷，我要在等待我的美味晚餐之前把自己塞饱。”

“如果费恩太太想参观修道院，我很乐意带她去。”院长嬷嬷转向凯蒂，带着不屑的微笑，“我很抱歉，你刚才也看到了，一切都很混乱。我们有这么多的工作，却没有足够的姐妹来做。于上校坚持要我们把我们的医务室交给生病的士兵管理，我们不得不把餐厅改成了孤儿院的医务室。”

她走到了门口，让凯蒂先过去。他们一起沿着凉爽的白色走廊走着，后面跟着圣约瑟夫修女和瓦丁顿。他们首先走进一间光秃秃的大房间，那里有许多中国女孩在做精致的刺绣。当来访者进来时，她们都站了起来，院长嬷嬷向凯蒂展示她们的作品。

“尽管疫情肆虐，我们还是继续让她们做刺绣，这样可以让她们不要老是担惊受怕的。”

他们去到第二个房间，年轻的女孩们在那里做普通的缝纫、包边和缝线。然后又去了第三个房间，那里只有一些很年幼的孩子，一位中国保姆在照顾她们。她们吵吵闹闹地玩耍着，当院长嬷嬷进来时，她们立刻围上了她。这几个孩子，黑眼睛，黑头发，她们抓住她的手，藏进她的大裙子里。一个迷人的微笑照亮了她严肃的脸，她抚摸着他们的头，她用汉语说着逗趣的话。凯蒂即使听不懂汉语，也能感受到那些话里的慈爱和抚慰。凯蒂有点震撼，因为她们穿着统一的衣服，脸色苍白，身材矮小，鼻子扁平，在她看来，她们简直不像人，她们简直令人厌恶。但是这位院长嬷嬷像慈善的化身一样站在他们中间。当院长嬷嬷想离开房间时，她们不让她走，紧紧抓住她的裙边。她不得不用微笑的劝诫和温和的力量使自己脱身。无论如何，她们都没有发现这位伟大的女士有什么可怕的地方。

“你知道的，”当他们走在另一条走廊上时，院长嬷嬷说，“她们只是孤儿，因为他们的父母希望摆脱她们。我们会给每一个送孩子过来的人一些钱，否则他们就会把这些孩子直接扔掉，省得麻烦。”她转向圣约瑟夫修女：“今天有人送来吗？”

“有四个。”

“现在，由于霍乱，他们比以往任何时候都希望甩掉这些被视为负担的女孩。”

她带凯蒂参观了宿舍，然后他们经过一扇门，门上写着“医疗室”这个词。凯蒂听到了呻吟声、大声的哭喊声和其他痛苦的声音，那些声音仿佛不是人类在痛苦中能够发出的声音。

“我就不带你进医务室了，”院长嬷嬷平静地说，“那不是一个人们希望看到的景象。”她突然有了一个念头：“我想知道费恩医生是否在那儿？”

她询问地看着圣约瑟夫修女，修女带着愉快的微笑，打开门，溜了进去。打开的门让凯蒂更清楚地听到了医务室里可怕的声音，凯蒂往后缩了缩。圣约瑟夫修女回来了。

“不，他之前在，会晚一点再回来。”

“六号怎么样了？”

“可怜的人，他死了。”

院长嬷嬷交叉着握起双手，嘴唇动了动，做了一个简短而无声的祈祷。

他们又经过了一个院子，凯蒂的目光落在两个长长的东西上，它们并排躺在地上，上面覆盖着一块蓝色的棉布。院长嬷嬷转向瓦丁顿。

“我们的床位太少了，我们不得不把两个病人放在一张病床上，其中一个病人死了之后，我们就必须把他抬出来，以便给另一个病人腾出些地方。”但她对凯蒂笑了笑，“我们现在带你去参观我们的小礼拜堂。我们为我们的礼拜堂感到非常自豪。不久前，我们在法国的一位朋友送给了我们一尊真人大小的圣母像。”

43

礼拜堂不过是一间低矮的长方形屋子，墙壁刷成了白色，长椅摆成了一排排。最里面是供奉神像的祭坛，神像由巴黎的熟石膏塑成，造型和涂色都很粗糙，但是看起来非常明亮、簇新而华丽。在它的后面是一幅油画，画的是耶稣受难的情景，两个玛丽亚站在十字架的脚下，极度悲伤。这幅画画得很糟，画者一定拥有一双对美一无所知的眼睛，只会将深色的颜料块堆叠在一起。礼拜堂的四周墙壁上挂着14幅出自同一双不幸的画手的耶稣受难像。这个礼拜堂既丑陋又粗俗。

修女们一进到礼拜堂就跪下来祈祷，然后，修女们再次站了起来，开始和凯蒂聊天。

“任何易碎品运到这里的时候都会被打碎，但是我们的恩人送给我们的雕像从巴黎一路运到这里，却连最小的破碎都没有。毫无疑问，这是一个奇迹。”

瓦丁顿嘲弄的眼睛闪着光芒，但他保持着沉默。

“祭坛画和耶稣受难像是我们的一个姐妹苏尔・圣安瑟尔梅

画的。”院长嬷嬷在胸前画了一个十字，“她是一个真正的艺术家。不幸的是，她成了这场流行病的受害者。你不觉得它们很漂亮吗？”

凯蒂支支吾吾地表示肯定。祭坛上插着一束束纸花，烛台也装饰得花枝招展。

“我们有幸在这里也能继续进行神圣的圣体会。”

“是吗？”凯蒂不明白地说。

“在这个困难重重的时期，这对我们来说是一种莫大的安慰。”

他们离开礼拜堂，回到了刚进门时落座的客厅。

“你想在走之前看看今天早上送进来的婴儿吗？”

“是的，非常想。”凯蒂说。

院长把他们领进走廊另一边的一个小房间。在一张桌子上铺着的一块布，布下面有奇怪的蠕动。修女把布拉开，展示了四个赤裸的小婴儿。她们身上的皮肤非常红，小胳膊和小腿做着有趣的不安的动作。她们古怪的中国人的小脸被扭曲成奇怪的模样。这番眼前的景象却有着某种奇怪的触动人心的力量。院长嬷嬷笑嘻嘻地看着她们。

“她们看起来真是生龙活虎。有时她们被带进来的时候就已经奄奄一息了。当然，她们一到我们就给她们施洗礼。”

圣约瑟夫修女说：“这位女士的丈夫一定会喜欢的。我想他可以和孩子们玩好几个小时。她们哭的时候，他只要把她们抱起来，让她们舒服地躺在他的臂弯里，她们就会高兴地笑起来。”

凯蒂和瓦丁顿走向了大门口。凯蒂郑重地感谢了院长嬷嬷，也为自己的拜访给她添了麻烦表示歉意。院长以一种既庄重又和蔼可亲的居高临下的态度向他们鞠躬道别。

“我们非常高兴你能来。你不知道你丈夫对我们有多友善，给了我们多大的帮助。他是上天派来的。我很高兴你和他一起来。当他回到家的时候，有你在那里，带着你的爱和你——你甜美的脸，对他来说一定是一种莫大的安慰。请你一定照顾好他，不要让他工作太辛苦。为了我们，请务必照看好他。”

凯蒂脸红了。她不知道说什么好。院长嬷嬷伸出手来，当握着她的手时，凯蒂意识到她那双冷静、深思熟虑的眼睛以超然的姿态注视着她，里面似乎有一种深刻的理解。

圣约瑟夫修女在他们身后关上了修道院的大门，凯蒂坐上了她的轿子。他们穿过狭窄蜿蜒的街道返回渡口。瓦丁顿漫不经心地说着一些闲话，凯蒂没有应答。他向轿子看了看，但轿子的侧帘拉上了，他看不见她。他也开始沉默地向前走着。但是当他们到达河边时，凯蒂从轿子里走了出来，令瓦丁顿大吃一惊，他看到她哭得泪眼汪汪。

“怎么了？”他问道，脸上皱起了沮丧的表情。

“没什么。”她试着挤出一点微笑，“就是犯傻。”

44

凯蒂又一次独自一人躺在过世的传教士的肮脏客厅里，躺在长椅上面向着窗户，她那迷惘的眼睛望着河对岸的庙宇（现在又是傍晚时分了，它又变得可爱极了），她试图理顺心中的感情。她没有想到这次参观修道院会如此感动她。她是因为好奇去的。她整天无所事事，在隔水望向这座城墙环绕的城市这么多天之后，她也想至少看一眼它神秘的街道。

但一旦进入修道院，她似乎就被带到了另一个陌生的世界，无论是在空间还是时间上。那些简陋的光秃秃的房间和白色的走廊，似乎具有某种遥远而神秘的精神力量。这座丑陋粗俗的礼拜堂朴素得可怜，它却有那些华丽的大教堂所缺少的东西。虽然它的窗玻璃遍布尘埃，挂画庸俗丑陋，但它却是谦逊的。虔诚的信仰装点着它，真挚的情感保护着它，它们都赋予它一种微妙的灵性的美。修道院在瘟疫肆虐中有条不紊地运作，在危险面前它是冷静的也是有用的，在受灾的城市里它是那么不可或缺，几乎成了某种讽刺，这太令人印象深刻了。凯蒂的耳旁仍然回响着当圣约瑟夫修女打开医务室的门时，从里面传出的可怕的声音。

她们谈论沃尔特的方式也出乎凯蒂的意料。先是圣约瑟夫修女，然后是院长。当她称赞沃尔特的时候，她的语气异常温和。奇怪的是，当凯蒂知道她们对他的评价如此之高时，她竟然感到有点骄傲。瓦丁顿也告诉过她一些沃尔特正在做的事情，但修女们称赞的不仅仅是他的能力（在香港的时候，她就知道他很聪明，这是公认的），她们还谈到了他的体贴和温柔。当然，他可能很温柔。当你生病时，他就是全世界最好的人。他太聪明了，因此不会惹人生气。他的抚摸是令人愉快的、冷静的。就像有某种魔法，他仅仅是在场就能减轻你的痛苦。她知道，她再也看不到他眼中那种她曾经习以为常的深情了，当时她只是觉得那样的神情让人恼火。她现在知道他爱的能力有多大了，现在他以一种奇怪的方式把这些能力都倾注在了这些可怜的病人身上，他只关注他们。她没有感到嫉妒，而是感到空虚，她已经习惯了他的爱就像一个支撑物一样在她身边，以至于没有意识到它的存在，但它却突然从她身边消失了，她像一件头重脚轻的物件一样左右摇摆。

她只瞧不起自己，因为她曾经瞧不起沃尔特。他一定也知道她是怎么看他的，他毫无怨言地接受了她的看法。她是个傻瓜，他也知道这一点，只是因为他爱她，这对他没有任何影响。她现在既不恨他，也不怨他，面对沃尔特时只是恐惧和困惑。她不得不承认他有非凡的品质，有时她甚至认为他身上有一种奇怪的、没有什么吸引力的伟大。奇怪的是，她无法爱上沃尔特，但却爱着一个现在看来毫无价值的男人。现在她已经清楚地知道这一点了，在经过了反复的思考和漫长的时间之后，她已经看清了查理，他是一个普通人，他是二流货色。她只要从她的心上撕下仍然在那里徘徊的爱！她尽量不去想他。

瓦丁顿也对沃尔特评价很高。只有她一个人对他的优点视而不见。为什么呢？因为他爱她，而她不爱他。是什么让你因为一个人爱你而轻视他呢？但是瓦丁顿也承认他不喜欢沃尔特。所以男人们没有轻视不喜欢的人。很容易看出，那两个修女对沃尔特有一种类似感情的感觉。他与不同的女人在一起的时候是不同的。尽管他很害羞，你还是觉得他很和蔼可亲。

45

但毕竟还是修女们深深触动了她。圣约瑟夫修女，她有快乐的脸和红苹果般的脸颊。十年前，她曾是这支小小的修女队伍中的一员，随院长嬷嬷来到中国，她看到她的一个又一个同伴死于疾病、贫困和乡愁；然而，她仍然保持着愉悦快乐的性情。是什么给了她那种天真而迷人的幽默呢？还有院长嬷嬷。在想象里，凯蒂再次站在她面前，她再次感到谦卑和羞愧。虽然她是如此的简单和不做作，但是她有一种天生的尊严，激发人们的敬畏，你无法想象任何人会不尊重她。他们在一起聊天时，圣约瑟夫修女站在那里的样子，她应答的每一个小动作和语调，都显示出她深深的顺从。瓦丁顿，尽管轻浮无礼，但他的语气也表明他不太自在。凯蒂认为显而易见，这位院长嬷嬷出身于法国的一个显赫家庭，她的举止暗示着古老的家族传统，拥有一种让人难以违背的权威。她同时拥有贵妇人的居高临下和圣人的谦逊。她那坚毅、大方又饱经风霜的脸上流露出一种激昂的朴素与严厉。同时，她所展现的关怀和温柔又能吸引那些孩子们，聚集在她身边，无所畏惧地吵闹玩耍，因为孩子们知道她深深地爱着她们。当她看着四个新生的婴儿时，脸上挂着甜美而深邃的微笑，就像一缕阳光照在了一片荒野之上。使凯蒂感到奇怪的是，圣约瑟夫修女那么漫不经心地谈到沃尔特跟孩子们玩耍。她知道他非常想让她生一个孩子，虽然他的沉默寡言，她从来没有怀疑过他有能力毫不令人尴尬地表现出一种迷人的、顽皮的温柔。而大多数男人跟孩子待一起时都很愚蠢和笨拙。沃尔特真是个奇怪的人！

但是，在所有这些感人的经历中，一个阴影隐隐地萦绕不去（像银色云彩的黑色镶边），这使凯蒂感到不安。在圣约瑟夫修女稳重的欢乐中，在院长嬷嬷优美的礼节中，她感到了一种超然，这种超然压迫着她。她们很友好，甚至很亲切，但同时她们隐瞒了什么，她不知道那是什么，所以自己对她们来说可能还仅仅是一个偶遇的陌生人。她和她们之间有一道障碍。她们不仅说着不同的语言，而且有着不同的心灵。当大门关上的时候，她觉得她们把她完全抛在脑后，毫不迟疑地重新开始了之前被忽视的工作。对她们来说，她就像永远没有存在过一样。她感到自己不仅被那个可怜的小修道院拒之门外，而且也被某种神秘的精神花园拒之门外，而她此时正全心全意地向往着这种精神花园。她突然感到一种前所未有的孤独。这就是她在轿子里泪流满面的原因。

现在，她疲惫地把头往后仰，叹了口气：“哦，我真是一无是处。”

46

那天晚上，沃尔特比平常早了一点回到他们的平房。凯蒂躺在开着的窗户旁边的长椅子上。天几乎黑了。

“你需要一盏灯吗？”他问。

“晚饭准备好后他们会拿灯过来的。”

他总是很随意地和她谈论一些琐碎的事情，好像他们是友好的熟人一样，他的态度里从来没有任何迹象表明他心中怀有恶意。但他再也没有注视过她的眼睛，再也没有微笑过。他保持着小心翼翼、彬彬有礼。

“沃尔特，你想过如果疫情过去我们还活着，我们会怎么样吗？”她问道。

他等了一会儿才回答。她还是看不见他的脸。

“我没想过。”

在过去，她脑子里想什么就说什么，她说话之前从来没有想过要思量一下；但是现在她害怕他，她感到嘴唇在颤抖，心脏也在痛苦地跳动。

“今天下午我去了修道院。”

“我听说了。”

她强迫自己继续讲下去，尽管她已经几乎说不出话来了。

“当你把我带到这里时，你真的想让我死吗？”

“如果我是你，我就不去想这些问题，凯蒂。我认为，谈论一些我们最好忘记的事情，不会有任何好处。”

“但你别忘了，我做不到不想，也做不到忘记。自从我来这里以来，我一直在想很多事情。你难道不想听我说完吗？”

“当然，请讲。”

“我对你很不好。我对你不忠。”

他一动不动地站着。他的纹丝不动令人感到莫名可怕。

“我不知道你是否明白我的意思。当这种事情过去之后，它们对女人来说就没什么意义了。我认为女人从来都不太了解男人的态度。”她语气生硬地说着，几乎认不出是自己的声音，“你知道查理是什么样的人，你也知道他会做什么。嗯，你说得很对。他是个一文不值的东西。我想如果我没有像他那样一文不值的话，我也就不会被他骗了。我不要求你原谅我。我也不再要求你像以前那样爱我。但我们不能成为朋友吗？我们周围成千上万的人死去，还有修女们在修道院里……”

“他们跟这有什么关系？”他打断了她的话。

“我现在很难解释清楚。我今天去那里时有一种特别的感觉。那里的一切似乎都意义重大，也很可怕。她们的自我牺牲精神是如此令人向往。如果你能明白我的意思的话，我会情不自禁地感到，因为一个愚蠢的女人对你不忠而折磨自己、使自己痛苦是荒谬的，与你的痛苦和你的遭遇是不成比例的。对你来说，我毫无价值、微若尘埃，你根本就不需要把我放在心上。”

沃尔特没有回答，但是他并没有走开，他似乎在等她继续讲下去。

“瓦丁顿先生和修女们告诉了我关于你的许多事情，很美好的事情。我为你感到骄傲，沃尔特。”

“你以前不会这样，你以前一直习惯于鄙视我。你现在已经不是了吗？”

“你难道不知道我现在害怕你吗？”

他又沉默了。

“我不明白你，”他终于又开了口，“我不知道你想要什么。”

“我自己什么也不想要。我只想让你少一点痛苦。”

她觉得他一下僵直了，他回答时声音很冷漠。

“你以为我不开心吗？那你想错了。我现在每天有太多事情要做，根本不会经常想起你。”

“我想知道修女们是否会允许我去修道院干活。她们人手非常短缺，如果我能帮上什么忙，我也会感谢她们的。”

“那不是轻松的工作，也不是愉快的工作。我怀疑那里的工作不会让你开心太久的。”

“你真的瞧不起我吗，沃尔特？”

“没有。”他犹豫了一下，声音变得很奇怪，“我是瞧不起我自己。”

47

晚饭后，像往常一样，沃尔特坐在灯旁看书。他每天晚上读书，读到凯蒂上床睡觉后，他会走去实验室。他在这所平房的一个空房间安置了自己的实验室。他在这里一直工作到深夜。他睡得很少。他忙于做她所不知道的各种实验。他没有告诉过她他的工作内容。即使是在过去，他在这个问题上也一直保持沉默——他天生不爱张扬。她仔细地想了想他刚才对她说的话，那是一场毫无结果的谈话。她对他知之甚少，甚至都无法确定他说的到底是不是真话。如果他现在对她毫无善意，那是否有可能她对他来说已经完全可有可无了呢？因为他爱她，她的谈话曾经使他开心快乐，但现在他不再爱她了，跟她谈话对他来说可能只剩下了单调乏味。这使她感到难堪。

她看着沃尔特。灯光勾勒出他的轮廓，好像是一个浮雕。他的五官端正，轮廓分明，但更引人注目的是，他看起来冷酷严肃。他一动不动，只有眼睛移动着阅读每一页书，这就更加剧了他脸上可怕的神情。谁会想到这张冷酷的脸会被激情融化出那么温柔的表情呢？想到这一点，她不由得有些兴奋，有点厌恶的兴奋。尽管他长相端正，诚实可靠，才华横溢，但她却不可能爱他。她再也不必接受他的爱抚了，这让她松了一口气。

当凯蒂问他，强迫她来这里是否真的想杀了她时，他没有回答。这件事的神秘性既使她着迷又让她恐惧。他非常善良，令人难以置信的是，他竟有如此邪恶的意图。他提出这个建议一定只是为了吓唬她，报复查理（这就像他嘲讽的幽默），然后出于固执或害怕被认为是愚蠢的，他坚持要她来到湄潭府。

是的，他说他瞧不起自己。这是什么意思呢？凯蒂再一次看向他那冷静的脸。对他来讲，她甚至可能都不在房间里，他根本就没有注意到她。

“你为什么瞧不起你自己？”她问道，几乎搞不清楚自己在说什么，就像是他们只是在继续刚才的谈话。

他放下书，若有所思地看着她。他看起来像是将思绪从很远的地方拉回来。

“因为我爱你。”

她脸红了，把目光移开。她无法忍受他冷淡、沉着和挑剔的目光。她明白他的意思。过了一会儿她才回答。

“我认为你对我并不公平，”她说，“因为我愚蠢、轻浮、粗俗而责备我是不公平的。我就是这样长大的。我认识的所有女孩都是这样的。这就像是责备一个对音乐毫无兴趣的人，只是因为他在交响乐音乐会上感到无聊一样。你把我不具有的品质归咎于我，这公平吗？我从未试图通过假装我有那些没有的东西来欺骗你。我只是又漂亮又快乐地活着。你不能奢望在集市的摊位上买到珍珠项链或貂皮大衣，你只能找到锡喇叭或者玩具气球。”

“我不怪你。”

他的声音很疲倦。凯蒂开始对他有点不耐烦了。为什么他没有意识到，就连她都能突然如此清楚的事情，除了他们笼罩在死亡阴影下的恐惧和她那天瞥见的美丽的可敬之外，他们自己的事情是微不足道的？若一个愚蠢的女人犯了通奸的错误，那又有什么关系呢？为什么她的丈夫，每天面对着崇高的事情，要痛苦于这件事情呢？奇怪的是，沃尔特虽然聪明，却没有对事情轻重缓急的合理分寸。因为他给一个洋娃娃穿上华丽的长袍，把它放在神龛里崇拜它，然后发现洋娃娃里其实装满了锯末，他变得既不能原谅自己也不能原谅它。他的灵魂被撕裂了。他完全靠着幻想活着，当真相粉碎幻想时，他认为现实本身也被粉碎了。的确，他不会原谅她，因为他不能原谅自己。

她觉得自己听到沃尔特轻轻地叹了一口气，便飞快地瞥了他一眼。她突然有了一个想法，这使她屏住了呼吸。她忍住了没有一下子哭出来。

他所遭受的是他们所说的——心碎吗？

48

第二天，凯蒂一整天都在想着修道院。第三天一早，沃尔特走后不久，凯蒂让阿妈出门去叫来轿子，她要去渡河。天刚亮，挤在渡船上的中国人，有的穿着农民的蓝色棉衣，有的穿着体面的黑色长袍，都带着一种奇怪的表情，仿佛眼前的水面上有死人被抬出、放置在地面的阴影里。当他们登岸时，他们在登岸处犹豫了一会儿，好像他们不知道该去哪里似的，然后三三两两地散乱地向山上走去。

早晨的这个时候，城市的街道空无一人，因此看起来比以往任何时候都更像是一座死人的城市。路人神色恍惚，像孤魂野鬼一样在路上行走。天空晴朗，初升的太阳在这座城市洒下了天然的温柔。很难想象，在那个愉快、清新、晴朗的早晨，这个城市正躺在瘟疫的黑暗中，喘息着，就像一个被疯子扼住咽喉、命在旦夕的人。令人难以置信的是，当人们在痛苦中挣扎，在恐惧中走向死亡时，大自然——蔚蓝的天空像孩子的心一样清澈——竟然如此冷漠。当轿子停在修道院门口时，一个乞丐从地上起来向凯蒂乞讨。他穿着褪色的、不成形的破布，看上去像是从粪堆里爬出来的。透过这些破布，你可以看到他的皮肤坚硬粗糙，晒得像山羊皮一样。他光秃秃的双腿干枯消瘦，一头灰白的头发，两颊凹陷，眼神狂野，那是一个疯子的样子。凯蒂吓坏了，转过身去，抬轿子的人粗鲁地叫他走开，但他很固执，为了摆脱他，凯蒂颤抖着给了他一些钱。

门开了，同行的阿妈向门里解释说，凯蒂想见见院长嬷嬷。她又一次被带进了那间死气沉沉的客厅，里面的窗户好像从来没有打开过一样。她在那里坐了很久，开始怀疑她的话可能没有被传达进去。最后，院长嬷嬷进来了。

“请你原谅，我让你久等了。”她说，“我没想到你来了，我正忙得不可开交。”

“请原谅我打扰你。恐怕我来得也不是时候。”

院长嬷嬷带着严肃而甜美的微笑，请凯蒂坐下。但是凯蒂看到她的眼睛肿了。她哭过。凯蒂大吃一惊，因为她对院长嬷嬷的印象是，她是一个凡间的烦恼都无法触动的女人。

“是不是发生了什么事，”凯蒂结结巴巴地说，“你如果想让我离开，我可以改天再来。”

“不，不，告诉我我能为你做什么。只是……只是我们的一个姐妹昨晚去世了。”她的声音失去了稳定，眼睛里充满了泪水，“我在这里伤心也是不对的，因为我知道她善良朴素的灵魂已直飞天堂，她是个圣人。但人总是很难控制自己的弱点，恐怕我也并不总是非常通情达理。”

“我非常遗憾，非常遗憾。”凯蒂说。

她那随时准备好的同情使她的声音哽咽起来。

“她是十年前和我一起从法国出来的姐妹之一。我们现在只剩下三个人了。我记得，我们一小群人站在船尾，当我们的船在马赛驶出港口，看到圣玛丽·拉格雷斯的金像时，我们一起祈祷。自从我投身宗教以来，我最大的愿望就是被派遣到中国，但当我看到法国这片土地变得越来越遥远时，我也忍不住哭了起来。我是她们的院长；我给她们树立的榜样不太好。然后，圣弗朗西斯·泽维尔修女——这是昨晚死去的修女的名字——拉着我的手，告诉我不要悲伤；她说，无论我们在哪里，法国和上帝与我们同在。”

院长被人性中的悲天悯人所折磨，又努力抑制泪水，因为那是她的理智和信仰所拒绝的。她那张严肃而端庄的脸在天人交战中痛苦地扭曲起来了。凯蒂把目光移开。她觉得窥视这场斗争是不近人情的。

“我已经给她的父亲写信了。她和我一样，是母亲唯一的女儿。他们是布列塔尼的渔民，她的去世对他们来说应该很难接受。噢，这种可怕的流行病什么时候才能停止啊？我们的两个女孩今天早上也感染了，只有奇迹才能救她们了。这些中国人没有抵抗力。圣弗朗西斯修女的去世对我们来说是非常严重的损失。要做的事情太多了，现在的承受力却比以往任何时候都少。我们在中国其他地方的修道院的姐妹，她们都渴望来这里，我想，我们的教团会不惜一切代价要来这里——只是她们也一无所有。但几乎可以肯定的是，迎接她们的只有死亡。只要我能与修女们分担这里的事情，我就不愿意再牺牲其他人了。”

“你的话激励了我，我的院长嬷嬷。”凯蒂说，“我一直觉得我是在一个非常不幸的时刻来到湄潭府的。前几天你说姐妹们做不了那么多工作，我想知道你是否能允许我来帮助她们。只要我能发挥点用处，我不介意做什么。如果你让我去擦地板，我也会很感激的。”

院长嬷嬷笑了笑，凯蒂惊讶于自己在这个微笑里受到的触动，这种情绪的感染是这么容易从一个人传递给另一个人。

“倒是没有必要擦地板。那是孤儿们的工作。”院长停了下来，慈祥地看着凯蒂，“我亲爱的孩子，你不认为你陪伴丈夫来这里本身就已经足够了吗？这比许多勇敢的妻子做的还要多。而且什么样的工作能比你在他工作一天后回到你身边时给他宁静和安慰更重要呢？相信我，他需要你所有的爱和关心。”

凯蒂无法轻易地迎向院长的眼睛，院长眼睛里超然的审视和亲切让她自觉颇为讽刺。

“从早到晚我都无事可做，”凯蒂说，“但现在要做的事情太多了，以至于我不能原谅自己的无所事事。我不想让自己成为一个讨厌的人，我知道我没有资格奢求你的善意和时间，但我说的是真的，如果你能允许我在修道院帮助的话，这对我是一种恩赐。”

“你看起来并不太强壮。前天你来看我们的时候，我觉得你脸色很苍白。圣约瑟夫修女认为也许你要生孩子了。”

“不，不。”凯蒂喊道，羞得满脸通红。

院长嬷嬷微微地笑了笑。

“我亲爱的孩子，这没有什么可羞耻的，这个也没有什么不可能的。你结婚多久了？”

“我很苍白，只是因为我天生皮肤苍白，但我很强壮，我向你保证我不怕吃苦。”

现在院长嬷嬷已经完全平复了情绪，恢复了常态。她不自觉地摆出一副习以为常的权威神情，对凯蒂进行了仔细的审视。凯蒂感到莫名其妙的紧张。

“你会说汉语吗？”

“我不会。”凯蒂回答。

“啊，真遗憾。我本来可以让你来管理年长的女孩的。现在要看管她们可不容易，我担心她们会——你们怎么说？失控？”她试探性地总结道。

“我能不能帮修女们护理病人？我一点也不怕霍乱。我可以照顾这些女孩或者士兵。”

这次院长嬷嬷没有了笑容，脸上带着沉思的表情，摇了摇头。

“你不知道霍乱是什么。这是一件可怕的事情。医务室的工作由士兵完成，我们只需要一个姐妹来监督。而女孩们，不，不，我相信你丈夫不会希望这样的——那是一个可怕的景象。”

“我会慢慢习惯的。”

“不，这是不可能的。护理她们是我们的职责，也是我们的特权，但你们没有必要这样做。”

“你让我觉得自己很没用，很无助。我真是令人难以置信的一无是处。”

“你把你的想法告诉过你丈夫吗？”

“是的。”

院长嬷嬷看着她，仿佛在探究凯蒂内心的秘密，但当她看到凯蒂焦急而动人的表情时，她露出了微笑。

“你应该是新教徒吧？”她问。

“是的。”

“没关系。去世的传教士沃森博士也是一名新教徒，这没有什么区别。他是非常有魅力的人。我们对他都有一份深深的感激之情。”

现在凯蒂脸上闪过一丝微笑，但她什么也没说。院长嬷嬷似乎在沉思。她站了起来。

“你真是太善良了。我想我能帮你找点事做。当然，现在圣弗朗西斯修女已经离我们而去了，我们不可能应付这里全部的工作。你什么时候准备好可以开始呢？”

“现在。”

“太棒了！我很高兴听到你这么说。”

“我向你保证，我会尽力而为。我也非常感谢你给我这个机会。”

院长嬷嬷打开了客厅的门，但当她出去时，她犹豫了一下。她又一次深深地、仔细地、睿智地看了凯蒂一眼。然后她把手轻轻地放在凯蒂的胳膊上。

“你知道，我亲爱的孩子，一个人不可能在工作中或享乐中找到安宁，也无法在尘世里或在修道院里找到安宁，我们只能在灵魂中找到安宁。”

凯蒂震惊不已，但院长嬷嬷很快就离开她，走出了客厅。

49

凯蒂觉得修道院的工作使她精神振奋了起来。每天早晨日出后不久，她就去修道院，直到西垂的太阳把狭窄的河流和拥挤的舢板上洒满了“金子”，她才回到平房。院长嬷嬷把较小的孩子交给她照顾。凯蒂的母亲从她的家乡利物浦嫁到伦敦，也带来了一种实用的家庭主妇的作风。尽管凯蒂的举止轻浮，但她还是继承了这种天赋，虽然在过去她只是用戏谑的口吻提到这些。她的厨艺出众，缝纫刺绣也很漂亮。在开始监督年轻女孩的缝纫和包边工作后，她展现了自己的这一天赋。孩子们懂一点法语，每天她也会学几个中文单词，这样慢慢她就不难应付这些孩子们了。在其他时候，她必须确保较小的孩子们不会捣乱，她要给她们穿衣服和脱衣服，并在她们需要上床休息时催促她们休息。修道院里还有很多婴儿，这些婴儿由阿妈们负责照顾，但她也会需要照看她们。所有的工作都不是很重要，她本想做一些更艰巨的工作；但是院长嬷嬷对她的恳求毫不理睬，凯蒂站在那里，对她十分敬畏，因此也不会再争取其他的工作。

在最初的几天里，凯蒂不得不努力克服她对这些穿着难看制服的小女孩们的轻微厌恶，她们有着僵直的黑发、圆圆的黄脸和瞪着的黑眼睛。但是凯蒂还记得，在她第一次去修道院时，院长嬷嬷被那些丑陋的小东西包围着，脸上那温柔的表情使她原本严肃的面容变得那么美丽。凯蒂不允许自己屈服于自己的本能。不久，凯蒂就不再有对这一切的陌生感了，她会抱着这个或那个因摔倒或长牙而哭泣的小家伙，用孩子听不懂的语言说着温柔的话，压在她的手臂的柔软压力和哭泣的小黄脸贴在脸颊上的温柔触碰都给了凯蒂安慰。孩子们也不再惧怕她，总是带着孩子气的烦恼来找她。孩子们的信任给了她一种特殊的快乐。年长的女孩们也是如此，她教她们缝纫，她的一句赞美的话就能给她们带去无比的快乐，她们灿烂、机灵的笑容感动着她。她觉得她们喜欢她，她感到受宠若惊和骄傲自豪，作为回报，她也喜欢着她们。

但凯蒂始终无法适应其中一个孩子。那是一个智力有问题的六岁小女孩，又小又矮的身体上顶着一颗脑积水的巨大脑袋，沉重地摆动着，她有一双空洞的大眼睛和一张一直流口水的嘴，这个小家伙总是嘶哑地说着几句含糊不清的话。她是令人厌恶的和可怕的。出于某种原因，她对凯蒂产生了一种白痴般的依恋，所以当凯蒂从大房间的一头走到另一头的时候，她就跟着凯蒂四处走动。她紧贴着凯蒂的裙子，把脸在她的膝盖上蹭来蹭去。她还试图抚摸凯蒂的手，这让凯蒂厌恶得发抖。她知道小家伙渴望爱抚，但她无法让自己去触摸她。

有一次，她对圣约瑟夫修女谈到这件事，她说这样活着真是个遗憾。圣约瑟夫修女笑了笑，向那个畸形的小东西伸出了手。她走了过来，用鼓鼓的前额摩擦修女的手。

“可怜的小家伙。”修女说，“她被带到这里已经奄奄一息了。上帝保佑，她来的时候我就在门口。我认为一刻也不能耽误了，所以立刻给她做了洗礼。你不会相信我们为了让她活下去费了多大的力气。有几次我们都以为她的小灵魂肯定要逃往天堂了。”

凯蒂沉默了。圣约瑟夫修女用她滔滔不绝的方式开始谈论其他事情。第二天，当那个傻孩子走到她跟前，抚摸她的手时，凯蒂鼓起了勇气，把手放在那颗巨大的裸露的脑袋上。她勉强挤出了一丝笑容。但突然，这个孩子带着一种白痴般的任性离开了她；孩子似乎对她失去了兴趣，那天和接下来的几天都没有再注意凯蒂。凯蒂不知道自己做了什么，试图用微笑和手势把她吸引过来，但她转身假装没看见凯蒂。

50

修女们从早到晚忙着各种各样的事情，除了在简陋的光秃秃的礼拜堂里做礼拜之外，凯蒂很少能见到她们。凯蒂到修道院帮忙的第一天，院长嬷嬷看到她按年龄依序坐在礼拜堂的所有女孩们的后面，就走过去和她说话。

“请你千万不要误会你必须来礼拜堂和我们一起做礼拜。”她说，“你是新教徒，你有自己的信仰。”

“我只是喜欢来，嬷嬷。我发现这让我感到安宁。”

院长嬷嬷瞥了她一眼，微微把头歪了一下。

“当然，你可以完全按照你的选择去做。我只是想让你明白，你没有义务。”

但是凯蒂和圣约瑟夫修女的关系很快就不再只是熟识，而是亲密了。修女院的财务由她负责，照顾那个大家庭的物质生活使她整天脚不沾地。她说她唯一能够休息的时间就是她用来祈祷的时间。但到了晚上，她又很高兴凯蒂和女孩子们一起来找她，她发誓说她累了，没有多余的时间，然后坐下来跟大家聊上几分钟。

当她不在院长嬷嬷面前时，她是一个健谈、快乐的人，喜欢开玩笑，她一点也不讨厌丑闻和八卦。凯蒂对圣约瑟夫修女没有惧怕的情绪，她站在那里自如地跟修女聊天，修道院的环境并没有妨碍圣约瑟夫修女成为一个心地善良、朴实平凡的女人。凯蒂总是愉快地和她聊天，她并不介意表现出她法语讲得多么糟糕，她们一起嘲笑打趣凯蒂的法语错误。修女每天教她一些有用的中文单词。她是农民的女儿，在内心深处她仍然是一个农民。

“我小时候放过牛，”修女说，“就像圣女贞德一样。但我太平凡了，是不会像她那样获得上帝的幻象的。但我想这是幸运的，因为如果我有犯错的话，我父亲一定会鞭打我的。他过去常常鞭打我，那个善良的老男人，因为我是一个非常淘气的小女孩。有时候，当我想起过去的一些恶作剧时，我也会感到羞愧。”

一想到这位肥胖的中年修女过去可能是个任性的孩子，凯蒂就笑了。然而，她身上还有一种童稚的气质，让你可以放心地把内心的情感都倾注到她身上：她身上似乎有一种秋天乡村的气息，那时苹果树上结满了果实，庄稼安稳地生长着。她没有院长嬷嬷那种悲剧性和严肃的圣洁，而是一种简单而开心的欢乐。

“我的姐妹，你再也不想回家了吗？”凯蒂问。

“哦，不想，回去之后再回来就太难了。我喜欢在这里，我从来没有像现在待在孤儿们中间这样快乐过。她们很好，她们对我们很感激。虽然当一个修女——或者是一个虔诚的教徒——是很好的，但人总是有母亲的，一个人也不可能忘记父母的养育之恩。我的母亲，她已经老了，我可能再也见不到她了。她喜欢她的儿媳，我哥哥对她也很好。他的儿子现在也长大了，我想他们会为农场里多了一双强壮的手臂而高兴的。我离开法国时，他还只是个孩子，但他答应我他要长得非常强壮，要拥有打倒一头牛的拳头。”

在那间安静的房间里，听着修女聊天，几乎可能意识不到在这四面墙的外面，霍乱正在肆虐。圣约瑟夫修女的无所担忧也传递给了凯蒂。

修女对这个世界及其人民有一种天真单纯的好奇心。她问了凯蒂关于伦敦和英国的各种问题。她觉得，英国的雾太浓了，你在中午也看不到你的手。她想知道凯蒂是否参加过舞会，是否住在豪宅里，有多少兄弟姐妹。她经常提到沃尔特。院长嬷嬷说他是个极好的人，她们每天都为他祈祷。凯蒂有一个如此善良、如此勇敢、如此聪明的丈夫，真是太幸运了。

51

或早或晚地，圣约瑟夫修女的话题都会回到院长嬷嬷那里。凯蒂从一开始就意识到是这个女人的品格支配着修道院。所有住在那里的人都对她怀着爱戴之情，但也怀着敬畏之情，对她不无畏惧。尽管院长亲切善良，但凯蒂在她面前，还是感觉自己像个女学生。凯蒂和她在一起从来都不自在，因为她心里充满了一种奇怪的感情，这种感情使她感到尴尬，那是崇敬的感情。圣约瑟夫修女天真地想给凯蒂留下深刻印象，所以她告诉凯蒂，这位院长嬷嬷出身的家庭是多么伟大。她的祖先中有一些具有历史意义的人物，她与欧洲一半的国王都沾亲带故。西班牙的阿方索国王曾在她父亲的庄园打猎，他们在法国各地都有城堡。要留下这么多的辉煌事迹一定很难，凯蒂微笑着听着，但一点也不为所动。

“而且，你只需要看她一眼就知道。”修女说，“她肯定是属于第一流的精英家庭的成员。”

“她的手是我见过的最漂亮的手。”凯蒂说。

“啊，你可不知道她是怎么使用那双手的。她不怕工作，我们的好嬷嬷。”

当她们来到这座城市时，这里没有任何教会。她们建造了修道院。院长嬷嬷制订了修建计划并监督了工程。她们一到，就开始从孤儿院和助产士残忍的手上拯救那些可怜的、不受欢迎的小女孩。起初，她们没有床铺可以安睡，也没有玻璃阻挡夜晚的寒冷（圣约瑟修女说，“没有什么比这更有害身体的东西了”）；她们常常在财务上捉襟见肘，不仅用来支付建筑工人的费用令她们头疼，甚至连支付交通费用的钱也会没有；她们像农民一样生活，用她的话来说，连法国的农民，比如特内兹，那个为她父亲工作的男人，都会把她们在这里吃的食物扔给猪。然后院长嬷嬷会把她的姐妹们聚集在她身边，她们一起跪下来祈祷，祈祷圣母玛利亚会寄钱来。结果第二天就有一千法郎寄到，或者一个陌生人，比如一个英国人（可能还是一个新教徒）甚至一个中国人会在她们跪着祈祷的时候敲门并给她们带来礼物。一旦她们陷入困境，所有人都向圣母发誓，如果她帮助她们，她们会为她念诵九日经。

“你相信吗？那个滑稽的瓦丁顿先生第二天来看我们，说我们看起来好像都想来上一盘上好的烤牛肉。他给了我们100元。他是一个多么滑稽的小个子男人啊，秃头，一双精明的小眼睛和他的笑话。我的上帝啊，他这简直就是在谋杀法语，而你却忍不住嘲笑他。他总是心情愉快。在这场可怕的流行病中，他表现得好像在享受假期一样。他有一颗很法国的心性和机智，以至于你几乎无法相信他是英国人，他的口音还是会告诉你他是个英国人。”

但有时圣约瑟夫修女会认为他不好好说话是为了故意逗人发笑的。当然，他并没有令人向往的道德品质；但这都是他自己的事。修女叹口气，耸耸肩，摇摇头，毕竟他是个单身汉，也是个年轻人。

“他的道德品质有什么问题吗，我的嬷嬷？”凯蒂笑着问。

“你不知道吗？唉，由我来告诉你可真是罪过。我没有理由说这样的话。他和一个中国女人住在一起，更准确地说，是一个满族人。她似乎是一位公主，她爱他爱得发疯。”

“这怎么可能。”凯蒂喊道。

“不，不，我向你保证，一切都是真的。他真是太罪恶了，这些事情是不能做的。当你第一次来到修道院时，他不吃我特意做的玛德琳蛋糕，难道你没有听我们亲爱的院长嬷嬷说他的胃被满族菜肴搞坏了吗？这就是她为什么说那句话，你也看到了他做了个鬼脸。这是一个充满了传奇色彩的故事。他似乎在革命爆发的时候就驻扎在汉口，当时革命军正在到处活动，而这个善良的小瓦丁顿救了一个十分显赫的家族全家的命。他们与皇室有亲戚关系。这个女孩就疯狂地爱上了他，还有——好吧，剩下的你就可以想象了。后来当他要离开汉口时，她从家里跑出来，跟他一起离开了，天南海北地跟着他，他不得不向她屈服，收留了她，可怜的家伙，我敢说他很喜欢她。这些满族妇女有时很迷人。噢，但是我在想什么呢？我有一千件事要做，我却坐在这里。我真是个差劲的修女。我为自己感到羞耻。”

52

凯蒂有一种奇怪的感觉，觉得自己在成长。不断的工作分散了她对过去生活的注意力，对不同生活的尝试和不同观点的认知唤醒了她的想象力。她开始恢复精神，她感觉越来越好，越来越强大。在她看来，她现在应该是除了哭泣什么也做不了；但令她惊讶也让她困惑不已的是，她发现自己时常笑笑这个笑笑那个。生活在可怕的流行病中似乎也成了很自然的事情。她知道周围的人每天都在死去，但她不再去想这件事了。院长嬷嬷禁止她进入医务室，紧闭的门激发了她的好奇心。她本来想偷看的，但很难在不被人发现的情况下偷看，她不知道如果她违背院长嬷嬷的指令，会受到什么样的惩罚。被赶走就太可怕了。她现在很爱孩子们，如果她走了，她们会想念她的。事实上，她不知道如果没有了她，她们该怎么办。

有一天，她突然想到，她已经有一个星期没有想到查理了，也没有梦见他。她的心脏突然怦怦地撞击着肋骨，她痊愈了。她现在可以无动于衷地想起他了。她不再爱他了。哦，解脱和解放的感觉！回看往事，想起她曾经多么热切地渴望过他，真是太奇怪了；她以为他辜负了她，她就会死；她以为从此以后的生活除了痛苦之外别无其他。但是现在她已经在笑了。他就是一个毫无价值的东西。她真是个傻瓜！现在，她可以平静地想起他，她怎么就会看上他呢。幸运的是，瓦丁顿什么都不知道，她绝对无法忍受他嘲讽的目光和含沙射影的讽刺。她自由了，终于自由了，啊自由了！她忍不住大笑起来。

孩子们在玩追逐嬉戏的游戏，凯蒂习惯于面带宽容的微笑看着她们，但当她们太吵闹时，她也会制止她们，并时刻留意着在她们喧闹时不会伤害到任何人；但现在她情绪高涨，感觉自己和她们一样年轻，她也加入了比赛。小女孩们高兴地接纳了她。她们在房间里追来追去，用尖厉的声音大声喊叫，带着奇异的、近乎野蛮的欢乐。她们变得格外兴奋，高兴得都能跳到半空中了。她们吵闹的声音要把房顶都掀开了。

突然门开了，院长嬷嬷站在门槛上。凯蒂羞愧地从十几个小女孩的魔爪中挣脱出来，这些小女孩疯狂地尖叫着抓住了她。

“这就是你让这些孩子保持乖巧和安静的方式吗？”院长嬷嬷嘴角挂着微笑问道。

“我们在玩游戏，嬷嬷。她们很兴奋。这是我的错，是我逗她们的。”

院长嬷嬷走上前来，孩子们像往常一样围着她。她把手放在她们窄窄的肩膀上，开玩笑地拉着他们黄色的小耳朵。她长时间温柔地看着凯蒂。奔跑过后的凯蒂红着脸，呼吸也变得急促起来。她那清澈的眼睛闪闪发光，可爱的头发在挣扎和笑声中被弄得凌乱不堪，但却是一种可爱的凌乱。

“你看起来真漂亮，我可爱的孩子。”院长嬷嬷说，“看见你真是让人心情愉快，难怪这些孩子们这么喜欢你。”

凯蒂脸红得很厉害，不知道为什么，眼泪突然涌上了她的眼眶。她用手捂住脸。

“哦，嬷嬷，你让我感到羞愧。”

“来吧，别傻了。美丽也是上帝赐予我们的礼物，是最难得和最珍贵的礼物之一。我们应该感恩我们能够开心地拥有美丽。就算我们自己并不美丽，我们也应该心存感激。因为别人拥有它，看到它我们依然感到快乐。”

她又笑了，轻轻地拍了拍凯蒂柔软的脸颊，好像凯蒂是个孩子似的。

53

自从她在修道院工作以来，凯蒂就很少见到瓦丁顿了。有两三次，他到河岸边迎接她，他们一起走回山上。他进门之后就要喝威士忌加苏打水，但他很少留下来吃饭。但是，有一个星期天，他邀请他们带上午餐，坐上轿子去一个佛教寺院。它距离城市十英里，是有名的朝圣之地，香火鼎盛。院长嬷嬷也坚持凯蒂必须休息一天，不让她在星期天工作，虽然沃尔特还是和往常一样忙。

他们很早就动身往寺院出发，以便在天气变得十分炎热之前到达。轿子把他们带上了稻田之间的一条狭窄的堤道上。他们不时经过舒适的农舍，它们友好而亲密地依偎在一片竹林中。凯蒂现在喜欢这种闲散的感觉。在被城里的恐惧、悲伤和劳累困住多日之后，看到广阔的乡间真是令人愉快。他们来到了寺院。那是几栋散落在河边的低矮建筑，被树荫亲切地掩映着，在微笑的僧侣的带领下，他们步入院内。整个庭院空空如也但庄严肃穆，庙里供奉着表情痛苦的神明。佛陀端坐在圣殿里，脸上是遥远、哀伤、渴望又超然的微笑。这里的每个景象都有一种令人沮丧的感觉，外形宏伟的建筑实则工艺粗糙、年久失修，神像也蒙着厚厚的尘土，那个使它们成为神明的化身的信仰也正在消亡。僧侣们似乎一直在忍受，好像在等待退场的通知。方丈的微笑是优雅而礼貌的，却也是对顺从的暗暗讥讽。总有一天，僧侣们会离开这片阴凉宜人的树林，那些摇摇欲坠、无人照料的建筑会被猛烈的风暴所摧毁，然后慢慢被周遭的自然所包围。野生爬山虎会缠绕在倒下的神像上，庭院里会长出树木。那时，神明也将不再居住在那里。

54

他们坐在一座小建筑的台阶上（那个建筑由四根漆柱和一个高高的瓦片屋顶组成，屋顶下挂着一个巨大的铜钟），看着河水缓慢地流向受灾的城市。他们可以看到城市周围锯齿状的城墙。热气像一团薄纱似的笼罩着它。这条河虽然流得很慢，但仍然有一种流动的感觉，它给人一种事物转瞬即逝的忧郁的感觉。一切都会过去，留下过什么痕迹呢？在凯蒂看来，所有的人类就像那条河中的水滴一样，彼此如此接近，却又如此遥远，汇聚成一股无名的洪流奔向大海。当所有的事情都转瞬即逝，所有的事情都无足轻重的时候，人们却还是荒谬地看重那些琐碎的事物，让自己和别人如此不快乐，这真是令人遗憾。

“你知道哈灵顿花园吗？”她问瓦丁顿，美丽的眼睛里带着微笑。

“不知道，怎么了？”

“没什么，那只是个离这里很远的地方。是我这类人居住的地方。”

“你想回家吗？”

“不想。”

“我原本以为几个月后你就会离开这里了。这种流行病似乎正在消退，凉爽的天气应该会结果了它。”

“我现在似乎觉得已经不想离开这里了。”

有那么一会儿，她想到了未来。她不知道沃尔特会有什么计划。他什么也没告诉她。他一直表现得很冷静，有礼貌，沉默寡言，高深莫测。那条河流中的两滴小水滴静静地流向未知的地方。两滴小水滴对他们自己而言是那么独一无二，但对旁观者来说却只是水流的一部分。

“当心那些修女们要开始改变你的信仰了。”瓦丁顿恶毒地笑着说。

“她们太忙了。她们也不在乎。她们人都很好，也很善良，但是——我几乎不知道该如何解释——她们和我之间有一堵墙。我不知道那是什么。她们似乎掌握着一个秘密，这个秘密使她们的生活与众不同，但是她们不会跟我分享。那不是信仰，是一件更深刻、更重要的事情。她们与我们生活在不同的世界里，我们对她们来说永远是陌生人。每天当修道院的门在我身后关上时，我都觉得对她们来说，我已经不复存在了。”

“我能理解，这对你的虚荣心是一个打击。”他嘲弄地回答。

“我的虚荣心？”

凯蒂耸了耸肩。然后，她再次微笑，懒洋洋地转向他。

“你为什么从来没有告诉我你和一位满族公主住在一起？”

“那些爱说闲话的老太太都告诉了你一些什么啊？我确信修女讨论海关官员的私事是一种罪恶。”

“你为什么这么敏感？”

瓦丁顿垂下了眼帘，又斜视了一眼，这使他显得狡猾。他微微耸了耸肩。

“这又不是什么值得广而告之的事。我可不认为这会大大增加我在海关晋升的机会。”

“你很喜欢她吗？”

他抬起头来，那丑陋的小脸看上去像个调皮的小学生。

“为了我，她放弃了家庭、家族、安全甚至自尊，她放弃了一切。她为了和我在一起而把一切都抛到九霄云外已经好多年了。我曾经把她送走了两三次，但她总是又跑回来；我自己也逃离过她，但她总是跟着我。现在我已经放弃甩掉她的想法了，就像放弃一份糟糕的工作一样，我想我就这么跟她凑合一辈子吧。”

“她一定疯狂地爱着你。”

“你知道，这是一种相当有趣的感觉。”他回答道，困惑地皱起了额头，“我毫不怀疑，如果我真的离开她的话，她肯定会自杀的。不是出于对我有什么怨怼，而是很自然的，因为她不愿意过没有我的生活。知道这一点给人一种奇怪的感觉。它得对你来说是有意义的。”

“但重要的是爱，而不是被爱。一个人甚至都不会感激爱他的人——如果一个人不爱那些爱他的人，他只会感到厌烦。”

“我没有这么多的体验。”他回答说，“我的想法就是这么一个。”

“她真的是公主吗？”

“不，那只是修女们浪漫的夸张。她的确属于满族的一个高贵家庭，但他们当然已经被革命摧毁了。她仍然是一位非常高贵的女士。”

他以自豪的口吻说出了这句话，凯蒂的眼里闪过一丝微笑。

“那么你打算在这里度过余生吗？”

“在中国？是的，她又能去哪里呢？退休后，我要在北京买一座小房子，在那里度过余生。”

“你们有孩子了吗？”

“没有。”

她好奇地看着瓦丁顿。奇怪的是，这个长着猴脸的秃头小男人竟然让那个陌生女人激发了如此毁灭性的激情。她说不出为什么，尽管瓦丁顿还是保持着那样漫不经心的态度和轻率的措辞，但是瓦丁顿谈论那个女人的方式给她留下了强烈的印象，那个女人有着强烈而独特的献身精神。这使她有点不安。

“看起来到哈灵顿花园有很长的路要走啊。”她笑着说。

“你为什么这么说？”

“我什么都不懂。生活是如此的奇怪。我觉得自己就像是一个一生都生活在鸭塘旁的人，突然间看到了大海。这让我有点喘不过气来，但却让我充满了喜悦。我不想死，我想活下去。我开始感到一种新的勇气。我觉得自己就像一个将要出发远航到未知海域的老水手，我想我的灵魂渴望着未知。”

瓦丁顿若有所思地看着她。她心不在焉地凝视着平静的河流。两滴小水滴静静地流着，静静地流向黑暗、永恒的大海。

“我可以去拜访这位满族女士吗？”凯蒂突然抬起头问道。

“她一句英语都不会说。”

“你一直对我这么好，为我做了这么多，也许我可以用我的行为举止向她表明我对她有一种友好的感情。”

瓦丁顿微微一笑，带着一丝嘲弄的神情，但他的回答依然很幽默。

“哪天我会过来接你吧，她会给你准备茉莉花茶的。”

凯蒂不会告诉瓦丁顿，这段异国情爱的故事从一开始就引起了她的兴趣，而这位满族公主现在站在那里，象征着某种东西，模糊但坚决地向她招手，高深莫测地指向一片神秘的精神之地。

55

但是一两天后，凯蒂有了一个意想不到的发现。

她像往常一样去修道院，开始她每天的第一件工作，就是照顾孩子们洗漱、穿衣服。由于修女们坚信夜间的空气有害，宿舍里的空气到了早晨就会变得封闭而恶臭。在清新的晨间一路赶到修道院后，凯蒂总是觉得走进宿舍里有点不舒服，于是她赶紧打开窗户。但今天，她突然感到极度不适，她站在窗前试图让自己平静下来。这是前所未有的糟糕。然后恶心压倒了她，她呕吐了。她大喊了一声，孩子们都吓了一跳，一直帮衬着她的大女孩跑了上来，看到凯蒂脸色苍白，浑身发抖，便大叫一声，停了下来。霍乱！这个想法在凯蒂的脑海中闪过，然后她产生了一种死亡般的感觉。她被恐怖抓住了，她挣扎了一会儿，与痛苦地流经她血管的黑暗做斗争。她感到头晕目眩，然后进入了无边的黑暗。

当她再次睁开眼睛时，她茫然不知自己身在何处。她好像躺在地板上，轻轻地动了动头，她觉得下面有一个枕头。她记不得发生了什么么了。院长嬷嬷跪在她身边，把嗅盐拿近她的鼻子，圣约瑟夫修女站在那里看着她。那个感觉又回来了。霍乱！她从修女们的脸上看到了惊恐。圣约瑟夫修女看上去身材魁梧，轮廓模糊。她又一次被恐惧淹没了。

“哦，嬷嬷，嬷嬷，”她抽泣着说，“我会死吗？我不想死。”

“你当然不会死的。”院长嬷嬷说。

她很镇静，眼睛里甚至流露出一种喜悦。

“但这是霍乱啊。沃尔特在哪里？有人去叫他了吗？哦，嬷嬷，嬷嬷。”

凯蒂号啕大哭起来。院长嬷嬷伸出手来，凯蒂抓住了她的手，仿佛这是她害怕失去的生命的一部分。

“好了，好了，我亲爱的孩子，你不会这么傻吧。这不是霍乱之类的疾病。”

“沃尔特在哪里？”

“你丈夫太忙了，不能因为这样的事麻烦他。再过五分钟你就会感觉很好的。”

凯蒂烦躁地注视着院长。她怎么能如此平静地接受呢？这太残忍了。

“安静地躺一分钟，”院长嬷嬷说，“没什么好担心的。”

凯蒂感到自己的心在疯狂地跳动。她对霍乱已经习以为常，似乎不再可能染上霍乱了。哦，她真傻！她知道自己要死了。她很害怕。女孩们搬来一把藤条长椅子，放在窗边。

“来，我们把你抬起来，”院长嬷嬷说，“你在躺椅上会更舒服的。你觉得你能站起来吗？”

她把手放在凯蒂的胳膊下面，圣约瑟夫修女扶她站了起来。她筋疲力尽地坐在了椅子上。

“我最好把窗户关上，”圣约瑟夫修女说，“早上的空气对她不好。”

“不，不，”凯蒂说，“请让它开着。”

看到蓝天会使她心安。她被吓了一跳，但确实感觉好多了。两位修女沉默地看了她一会儿，圣约瑟夫修女对院长嬷嬷说了一些她听不懂的话。然后，院长嬷嬷坐在了椅子的一侧，握住凯蒂的手。

“听着，好孩子……”

她问了凯蒂一两个问题。凯蒂回答了它们，却不知道究竟是什么意思。她的嘴唇在颤抖，几乎说不出话来。

“那就毫无疑问了，”圣约瑟夫修女说，“在这件事上我是不会看走眼的。”

她微微一笑，凯蒂似乎觉察到了这笑容里的某种兴奋，那可不是平常的感情。院长嬷嬷仍然握着凯蒂的手，温柔地微笑着。

“亲爱的孩子，圣约瑟夫修女在这些事情上比我有更多的经验，她会告诉你你怎么了的。她显然是对的。”

“什么意思？”凯蒂焦虑地问。

“这很明显，你就没有想过会发生这样的事情吗？你有孩子了，亲爱的。”

凯蒂从头到脚打了一个激灵，她把脚放在地上，好像要跳起来似的。

“躺着别动，躺着别动。”院长嬷嬷说。

凯蒂感到自己满脸通红，她把手放在胸前。

“这是不可能的。这不是真的！”

“她在说什么？”圣约瑟夫修女用法语问道。

院长嬷嬷给她翻译了凯蒂的话。圣约瑟夫修女那张宽大朴素的脸，那红润的脸颊，顿时喜气洋洋。

“我不会搞错的。我向你保证。”

“你结婚多久了，我的孩子？”院长嬷嬷问，“当我嫂子像你结婚这么久的时候，她已经有两个孩子了。”

凯蒂坐回到椅子上。她心若死灰。

“我太羞愧了。”她小声说。

“因为你要生孩子了？为什么，还有什么比这更自然的事情吗？”

“医生会多么高兴啊！”圣约瑟夫修女说。

“是的，想想你丈夫会有多幸福啊。他会欣喜若狂的。你只要看看他和孩子们在一起，看看他和孩子们玩耍时脸上的表情，就知道他如果有一个自己的孩子会高兴得着魔的。”

凯蒂沉默了一会儿。两位修女带着温柔的、饶有兴味的眼神看着她，院长嬷嬷抚摸着她的手。

“我之前没有想到过，真是太傻了。”凯蒂说，“无论如何，我很高兴不是霍乱。我感觉好多了。我要回去工作了。”

“今天不行，我亲爱的孩子。你受了惊吓，最好回家休息一下。”

“不，不，我想留下来工作。”

“这个我得坚持。如果我任由你鲁莽行事，我们的好医生会怎么说呢？如果你愿意，明天过来，或者后天过来，但是今天你必须静养。我会派人去叫一顶轿子。你想让我们的一个年轻女孩陪你一起回去吗？”

“哦，不，我一个人没事的。”

56

凯蒂躺在床上，百叶窗关着。已经是午饭后了，仆人们都去睡午觉了。那天早上她所知道的（现在她确信这是真的）使她惊愕不已。自从她回到家后，她一直在努力思考；但她的头脑一片空白，无法集中思想。突然，她听到一个脚步声，是靴子的声音，所以不会是哪个男仆走了过来。脚步声里带着恐惧的喘息声，她意识到那只可能是她的丈夫。他走到了客厅里，叫了声她的名字。她没有回答。外面沉默了一会儿，然后有人敲了敲门。

“谁？”

“我可以进来吗？”

凯蒂从床上起身，穿上了一件晨衣。

“是的。”

他进来了。她很高兴紧闭的百叶窗给她的脸上投下了一层阴影，让沃尔特看不到她此刻的表情。

“希望我没有吵醒你。我非常非常轻地敲了敲门。”

“我没有睡着。”

他走到一扇窗户前，打开了百叶窗。一阵暖光涌入房间。

“怎么了？”她问道，“你为什么回来得这么早？”

“修女们说你身体不太好。我想我最好回来看看是怎么回事。”

她心中闪过一丝愤怒。

“如果我得了霍乱，你会怎么办？”

“如果是这样的话，你今天早上肯定是回不了家的。”

她走到梳妆台前，用梳子梳了梳她的短发。她需要争取点时间。然后，她坐下来，点燃了一支香烟。

“今天早上我觉得不太舒服，院长嬷嬷想我最好还是回家休息。但我已经完全好了。我明天会照常去修道院的。”

“你怎么了？”

“她们没告诉你吗？”

“没有，院长说你会亲自告诉我。”

他现在正在做一件他平时很少做的事，他直视着她的脸，他的职业本能比他的个人本能更强烈。她犹豫了一下，然后强迫自己正视他的眼睛。

“我怀孕了。”她说。

她已经习惯于沃尔特沉默地面对她说的每一句话了，哪怕那些话是自然会引起惊呼的话，但在她看来，之前的所有情景都没有像现在这样具有毁灭性。沃尔特什么也没说，没有任何身体的动作，没有任何表情，连黑眼睛里的神色也没有变化，他只是听到了。她突然想哭。如果一个男人爱他的妻子，而他的妻子也爱他的话，那么在这样一个时刻，他们会被一种强烈的情感包围起来。沉默令人无法忍受，她打破了沉默。

“我不知道为什么我以前从来没有想到过。我真傻，但是……这些事之间又有什么关系……”

“你什么时候……你什么时候会分娩呢？”

这些话似乎很难从他嘴里说出来。她觉得他的喉咙和她的一样干燥。令人讨厌的是，她说话时嘴唇颤抖得如此厉害。如果他不是铁石心肠的话，那一定会引起他的怜悯。

“我想我已经有了两到三个月了。”

“我是孩子的父亲吗？”

她微微喘了一口气。他的声音里只有一丝颤抖，他那冷酷的自制力使最细微的情感符号都如此破碎，真是可怕。不知道为什么，她突然想到在香港展出的一种仪器，上面如果有一根针在微微摆动的话，就代表千里之外发生了一场地震，可能已经有一千人在地震中丧生。她看着他。他脸色苍白得可怕。她以前也有一两次见过他如此苍白的脸色。他低垂着眼，看着别处。

“这个……”

她紧握着双手。她知道，如果她说“是”，那对他来说就意味着世界上的一切。他会相信她，当然他会相信她，因为他想相信她；然后他会原谅她。她知道他的柔情有多深厚，知道他是多么愿意付出他的深情，尽管他有那么多的羞怯。她知道他没有报复心。如果她能给他一个借口，一个感动他心灵的借口，他会原谅她的，他会彻底原谅她的。她可以相信他永远不会把过去挂在嘴边。他可能很残忍、冷酷和病态，但他既不卑鄙也不小气。如果她说“是”，一切都会改变的。

而且她迫切地需要同情。她意外地发现自己有了孩子，这使她充满了奇怪的希望和意想不到的欲望。她感到虚弱，有点害怕孤独，她远离所有的朋友。那天早上，尽管她不怎么在意她的母亲，但她突然渴望和母亲在一起。她需要帮助和安慰。她不爱沃尔特，她知道她永远也不可能爱他。但在这一刻，她全心全意地渴望他把她抱在怀里，这样她就可以把头靠在他的胸前，紧紧抓住他，她会高兴得哭起来，她想让他吻她，她想用双臂搂住他的脖子。

她哭了起来。她已经撒了那么多谎，撒谎对她来说很容易。当谎言只能带来好处时，撒谎又有什么关系呢？一个谎言，另一个谎言，究竟什么是谎言呢？说“是”很容易。她看到沃尔特的眼睛融化了，他的手臂伸向她。但是她说不出口，她不知道为什么，她就是说不出口。在这痛苦的几个星期里，她所经历的一切——查理和沃尔特的无情，霍乱和所有这些即将死去的人，修女们，甚至是那个滑稽、醉酒的瓦丁顿——似乎都改变了她，使她不再了解自己。虽然她被深深地感动过，但她的灵魂里似乎有个旁观者在恐惧和惊讶地看着她。她不得不说实话。说谎似乎不值得。她的思绪奇怪地飘忽不定。突然，她看见那个死去的乞丐在院墙脚下。她为什么要想起他呢？她停止了抽泣，眼泪像断线的珠子一样从她的大眼睛里掉下来。最后她回答了这个问题。他问她他是不是孩子的父亲。

“我不知道。”她说。

他咯咯一笑。这使凯蒂打了个寒战。

“这就有点尴尬了，不是吗？”

他的回答很有他的风格，这正是她希望他说的话，但这也使她心灰意冷。她想知道沃尔特是否能够意识到她在这件事情上讲真话是一件多难的事情（同时她也意识到诚实其实一点也不难，因为真相往往是无法回避的），以及他能否为此而认可她。她的回答，我不知道，我不知道，已经深深地印在他的脑海里。现在要收回它是不可能的。她从包里拿出手帕擦干了眼睛。他们没有再说话。她拿起床边的桌子上的虹吸管，他给她端了一杯水。他把杯子端到她面前，在她喝水的时候就一直那么端着。她注意到他的手是那么好看，那是一只纤细的手，有着长长的手指，但现在它已经瘦得皮包骨了，它微微有点颤抖。沃尔特能控制住自己的脸，但他的手却背叛了他。

“请原谅我又哭了。”她说，“其实我真的没什么，只是我有时候忍不住流眼泪罢了。”

她喝完了水，沃尔特把杯子放了回去。他坐在椅子上点燃了一支香烟，轻轻地叹了口气。有一两次，她听到他那样叹息，总是让她心惊肉跳。她现在看着他，他正用心不在焉的目光盯着窗外，她惊讶地发现，在过去的几周里，她都没有注意到他已经变得如此消瘦。他的太阳穴凹陷，脸上的骨头在薄薄的皮肤下格外凸出。他的衣服松松地挂在身上，好像那原本是为一个身材更加高大的人做的。透过晒伤的皮肤，你能看到他的脸呈现出青白的颜色。他看上去精疲力尽。他工作太辛苦了，睡得很少，几乎什么都不吃。她在自己的悲痛和不安之余，找到了同情他的力气。想到她无法为他做任何事情，她也不免觉得残忍。

他把手放在额头上，好像他的头在痛，她感觉到他的脑子里也在疯狂地敲打着那些词：我不知道，我不知道。奇怪的是，这个喜怒无常、冷淡害羞的人竟然对那么小的婴儿有着那么天然的感情，大多数男人甚至都不太关心自己的孩子。修女们带着感动和一点开心的感情不止一次地谈到这件事。如果他对修道院那些小婴儿都能有这样的感觉，他会对自己的孩子有什么样的感情呢？凯蒂咬着嘴唇，以免自己再哭出来。

他看了看手表。

“恐怕我得回城里去了。我今天有很多事情要做……你一个人在家可以吗？”

“哦，是的。不要为我操心。”

“我想你今晚最好不要等我。我可能很晚才回来，我会去于上校那儿找点吃的。”

“好的。”

他站了起来。

“如果我是你，我今天就不会做任何事了。你最好放松点。在我走之前你还有什么需要的吗？”

“没有了，谢谢。我会没事的。”

他停顿了一会儿，好像还没有下定决心似的，然后，突然，他没有看她一眼，拿起帽子走出了房间。她听见他穿过了院子。她感到非常孤独，现在也不需要再自我约束了，泪水终于决堤而出。

57

那天晚上闷热异常，凯蒂坐在窗前，眺望着那座庙宇，天色很暗，在星光的映衬下，庙宇的屋顶闪着点点银光，这时沃尔特终于回来了。她的眼里充满了泪水，但她很镇静。尽管有种种烦扰，她还是感到莫名其妙的平静，也许也只是因为筋疲力尽。

“我以为你已经上床睡觉了。”沃尔特进来时说。

“我还不困。我觉得坐着比较凉快。你吃过晚饭了吗？”

“吃了。”

他在长长的房间里走来走去，她看得出他有话要对她说。她知道他觉得很尴尬。她毫不担心地等待他最终拿出决心来。他突然开始说话了。

“我一直在想你今天下午告诉我的事情。在我看来，如果你离开这里会更好。我已经和于上校谈过了，他会派人护送你的。你可以带上阿妈同行。你会很安全的。”

“我要去哪里？”

“你可以回你妈妈家。”

“你认为她会很高兴见到我吗？”

他停顿了一会儿，犹豫不决，仿佛在沉思。

“那你也可以回香港。”

“我在那里做什么呢？”

“你需要好的关心和照料。我认为让你留在这里是不公平的。”

她脸上忍不住掠过一丝微笑，不仅是痛苦酸涩，而且是坦率愉快的。她瞥了他一眼，差点笑了出来。

“我都不知道你为什么这么担心我的健康。”

他走到窗前，站在那里看着外面的夜晚。晴朗的天空中从未有过如此多的星星。

“这不是你这种情况的女人应该待的地方。”

她看着他，在黑暗中他穿着薄薄的衣服，脸色苍白。他那优美的侧影里有一种阴险的东西，但奇怪的是，此时此刻她却丝毫不再害怕，只是感到兴奋。

“当你坚持要我来这里的时候，你是不是就想让我死在这里？”她突然问道。

他沉默了太长时间，她以为他拒绝回答。

“一开始，是的。”

她有点发抖，因为这是他第一次承认自己的意图。但她对他已经没有恶意了。她此刻的感觉让她自己都感到惊讶，这里面有一种敬佩之情，也有一种淡淡的乐趣。她不知道为什么，但突然想起查理，她觉得他是个卑鄙的蠢货。

“你冒的风险太大了。”她回答，“就凭你那敏感的良心，我不知道如果我死了，你是否能真的原谅自己。”

“嗯，你没有。你反而变得生龙活虎了。”

“我这辈子从来没有感觉这么好过。”

她本能地听任他的幽默摆布。在他们经历了所有这些之后，当他们生活在这样恐怖和荒凉的环境中时，似乎不应该再重视那荒谬的通奸行为。当死神就站在拐角处，像园丁挖土豆一样夺走生命时，关心这个人或那个人对他自己的身体做过什么肮脏的事情是愚蠢的。如果她能让沃尔特也意识到查理对她来说是多么渺小，以至于现在她已经很难想起他的容貌了，对他的爱已经完全从她的心里消失了！因为她对查理已经没有了感情，她和他一起做的各种事情也都失去了意义。她重新找回了她的心，她对自己身体所做过的事情似乎也无关紧要了。她想对沃尔特说：“听着，你不觉得我们已经傻得够久了吗？我们像孩子一样彼此生闷气。为什么我们不能友好地亲吻彼此、做朋友呢。我们没有理由因为不是恋人就做不成朋友。”

他一动不动地站着，灯光使他冷漠的脸更加苍白得惊人。她没法信任他，如果她说错了话，他也会冷冰冰地严厉地谴责她。她现在知道了，他极度敏感，他尖刻的讽刺是对这种敏感的一种保护，如果他的感情受到伤害，他会很快闭上心扉。她对他的愚蠢感到一阵恼怒。当然，最让他困扰的是他虚荣心的创伤——她隐约意识到这是所有创伤中最难治愈的。奇怪的是，男人们如此重视妻子的忠诚。当她第一次和查理在一起的时候，她原以为会有完全不同的感觉，会成为另一个女人；但在她自己看来，她似乎没有什么变化，她只体验了幸福和更大的活力的感觉。她现在真希望能告诉沃尔特这孩子是他的，谎言对她来说意义不大，但这种保证对他来说是一种莫大的安慰。说到底，这可能也不是一个谎言；但有趣的是，她内心的某种东西阻止了她为了自己而用谎言打消怀疑。男人们真傻！他们在生育中的作用是如此的不重要，是女人带着孩子度过了漫长的几个月的不安和痛苦，然而一个男人却因为他短暂的关系而做出些非常荒谬的声明。为什么这会对他与孩子的感情产生影响呢？接着，凯蒂的思绪转到了她自己的孩子身上，她不是带着感情，也不是带着母性的激情，而是带着一种懒散的好奇心去想它。

“我想你需要好好考虑一下。”沃尔特打破了长时间的沉默后说道。

“考虑什么？”

他转过身来，看起来很惊讶。

“当然是你想什么时候离开这里。”

“但我不想离开。”

“为什么不呢？”

“我喜欢我在修道院的工作。我想我正在让自己变得有用。我想在这里待着，你待多久我就待多久。”

“我想我应该告诉你，在你目前的情况下，可能更容易感染，任何碰巧发生在你周围的病例都有可能感染你。”

“我喜欢你说话时的谨慎。”她讽刺地笑着说。

“你不是为了我才留下来的吗？”

她犹豫了一下。他不知道现在他在她身上激起的最强烈的情感，也是最意想不到的情感，是怜悯。

“不，你不爱我。我常常觉得我挺让你厌烦的。”

“我原本认为你不是那种喜欢和几个古板的修女和一群中国小孩待在一起的人。”

她的嘴唇弯出了一抹微笑。

“我认为，因为你对我的错误判断，而如此轻视我是相当不公平的。你这么愚蠢也不是我的错。”

“如果你决定留下来，你当然可以这样做。”

“对不起，我不能给你一个表现宽宏大量的机会。”她觉得现在很难对他保持严肃认真的态度，“事实上，你说得很对，让我留下来的不仅仅是孤儿。你看，我处在一个特殊的位置，我在这个世界上无处可去。我知道人人都认为我很讨厌。我知道没有人会在乎我是生是死。”

他皱着眉头。但他并不是因为生气而皱眉。

“我们把事情搞得一团糟，不是吗？”他说。

“你还想和我离婚吗？我想我已经不在乎了。”

“你一定知道，把你带到这里来之后我就已经原谅了你的过错。”

“我不知道。你看，我没有研究过不忠。那我们离开这里之后该怎么办呢？我们继续住在一起吗？”

“哦，你不觉得我们可以顺其自然吗？”

他的声音里流露出对死亡的厌倦。

58

两三天后，瓦丁顿去修道院接上了凯蒂（她的焦躁不安使她立即恢复了工作），然后带她回家与他的情人见面，顺便喝一杯约定好的茉莉花茶。凯蒂已经不止一次在瓦丁顿家吃饭了。这是一座方形的、白色的、炫耀做作的建筑，就像中国各地为海关官员修建的大楼一样，他们吃饭的餐厅、他们就座的客厅，都配有朴素而结实的家具。这所房子看起来一半像办公室，一半像旅馆，反正一点也不像家，你会觉得这些房子只是某个职位的继任者们依次地随意居住的地方。你永远不会想到，在楼上的房间里，笼罩着神秘和浪漫。他们爬上了一段楼梯，瓦丁顿打开了一扇门。凯蒂走进一间空荡荡的大房间里，房间的墙壁刷成了白色，墙上挂着各种书法的卷轴。那个满族女人坐在一张正方形的桌子旁的一把硬挺的扶手椅上，椅子是黑色檀木的，雕刻着繁复精美的花纹。凯蒂和瓦丁顿进来时，她站了起来，但没有上前来。

“她来了。”瓦丁顿说，并加了一句汉语。

凯蒂和她握了握手。她身材苗条，穿着绣花长袍，比凯蒂预期的要高一些，凯蒂已经习惯了中国南方人的身高。她穿着一件淡绿色的丝绸外套，袖子紧紧箍在手腕上，黑色的头发被精心地装扮，插满了满族妇女的头饰。她的脸上覆盖着厚厚一层香粉，两颊上从眼睛到嘴巴的地方都涂上了厚厚的胭脂。她将眉毛拔成了一条细细的黑线，嘴唇涂成了猩红色。在这个“面具”上，她那黑色的、略微挑起的大眼睛像黑色的翻滚的湖水。她看起来更像一个塑像而不是一个女人。她的动作缓慢而稳重。凯蒂觉得她有点害羞，但对客人又很好奇。当瓦丁顿跟她谈到凯蒂时，她会望着凯蒂点两三下头。凯蒂注意到了她的手，它们长得出奇的长，非常纤细，皮肤是象牙色的，精致的指甲也涂上了颜色。凯蒂觉得她从未见过像那双慵懒优雅的手一样可爱的东西。它们象征着无数世纪的繁衍与传承。

满族女人偶尔说上几句话，她的声音很高，有点像果园里鸟儿的叽叽喳喳。瓦丁顿翻译给凯蒂，说她很高兴见到她，还问她多大了，生了几个孩子。他们坐在方桌旁的三张挺直椅子上，一个男孩端来了几碗茶，茶色清淡，有茉莉花香。那位满族女士递给凯蒂一个“三炮台”牌香烟的绿色铁盒。除了桌子和椅子，房间里几乎没有其他家具，除了一张宽大的木板床、床上的一个刺绣的头枕和两只檀香木箱子。

“她整天都在做什么呢？”凯蒂问。

“她会画画，有时还会写诗。但她大多数时候就是坐着。她吸烟，但只是适度地吸烟，这样就好，因为我的职责之一是禁止贩运鸦片。”

“你抽烟吗？”凯蒂问。

“很少。说实话，我更喜欢威士忌。”

房间里有一股淡淡的刺鼻气味，并不会令人不快，那是一种奇特的和异国的气味。

“告诉她我很抱歉不能和她说话。我相信我们之间有很多话要说。”

当瓦丁顿翻译这句话给她听时，满族女人迅速瞥了凯蒂一眼，露出一丝微笑。她就那样穿着漂亮的衣服，毫不扭捏地坐着，让人印象深刻。在那张画出来的脸上，那双湖水般的眼睛流露出警惕、镇定和深不可测的神情。她不太像真实的人，更像一幅画，但却拥有一种优雅的气韵，这让凯蒂相形见绌。命运把凯蒂扔到了中国，凯蒂对她在这里所见到的一切从未真正关注过，她只会给予一些短暂的、有点轻蔑的留意。这些事物都与她无关。现在她似乎突然连接到了一点遥远而神秘的东西。这里是东方，古老而神秘的东方。西方的信仰和理想显得粗糙不堪，而在这个精致的女人身上，凯蒂似乎瞥见了另外的一种理想和信仰。这里有一种不同的生活、不同层面的生活。凯蒂有种奇怪的感觉，这张画出来的脸、上挑的警惕的眼睛、塑像般的生物让她所知道的在日常世界中的诸多努力和痛苦都显得有点荒谬。那个彩色的“面具”似乎隐藏着一种饱含丰富而深刻的经历的秘密。那双修长纤细的手，葱根般的手指，一定握着解开谜题的钥匙。

“她整天坐着都想什么呢？”凯蒂问。

“没什么。”瓦丁顿笑着说。

“她太完美了。告诉她我从没见过这么漂亮的手。我好奇她看上了你什么。”

瓦丁顿微笑着翻译了这个问题。

“她说我很好。”

“就好像一个女人会因为一个男人的美德而爱他一样。”凯蒂嘲笑道。

满族女人轻轻笑了一下。就在这时，凯蒂对她戴的一只玉手镯表达了喜爱之情。她便把它摘下来，让凯蒂试着戴上它，凯蒂发现尽管她的手已经够小了，但手镯还是无法通过她的指关节。看到这样的场景，满族女人爆发出了孩子气的笑声。她对瓦丁顿说了些什么，然后叫来一个阿妈。她跟阿妈说了几句话，阿妈马上拿来了一双非常漂亮的满族女人的鞋子。

“如果你能穿，她想把这个送给你。”瓦丁顿说，“你会发现它们可以做很好的卧室拖鞋。”

“它们非常适合我。”凯蒂心满意足地说。

但她注意到瓦丁顿脸上露出了淘气的微笑。

“它们对她来说太大了吗？”她急忙问道。

“大得像艘船。”

凯蒂笑了，当瓦丁顿翻译给满族女人和阿妈听的时候，她们也笑了。

后来，当凯蒂和瓦丁顿一起走上山时，她转向了他，友好地笑了笑。

“你都没有告诉过我你对她有那么深的感情。”

“你凭什么认为我有？”

“我已经从你的眼睛里看到了。真是奇怪，那感觉一定像是爱上了一个幽灵或是一个梦。男人真是不可预测的，我还以为你和其他人一样呢。不过现在我觉得我对你一无所知。”

当他们走到平房时，他突然问凯蒂：“你为什么想见她？”

凯蒂犹豫了一会儿才回答。

“我在找什么东西，我还不太清楚它是什么。但是我知道找到它对我来说非常重要，如果我找到了它，我将会有很大的不同。也许修女们知道它，当我和她们在一起时，我觉得她们有一个秘密，但是她们不会告诉我。我不知道为什么我突然想到，如果我见到这个满族女人，我就会知道我在寻找什么了。如果可以的话，也许她会直接告诉我。”

“你为什么认为她知道呢？”

凯蒂斜瞄了他一眼，但没有回答。相反，她问了他一个问题。

“你知道那是什么吗？”

他微笑着耸耸肩。

“道。我们有些人在鸦片中寻找‘道’，有些人在信仰中寻找‘道’，有些人在威士忌中寻找‘道’，有些人在爱情中寻找‘道’。这都是同样的‘道’，但它并不指向任何地方。”

59

凯蒂又开始了她那令人身心舒适的日常工作，尽管一大早起来她会感觉很不舒服，但她有足够的精神不让它使她感到不安。修女们对她的兴趣令凯蒂感到惊讶：当她在走廊里遇见她们时，她们只会匆匆向她道声早安，然后她们会用各种站不住脚的借口，来到她工作的房间，看着她，聊了一会儿，带着一种甜蜜而孩子气的兴奋。圣约瑟夫修女重复着她过去几天里一直对自己说的话："现在，我想知道"或者"我不应该感到惊讶"，这种重复有时会让人觉得乏味。然后，在凯蒂晕倒的时候："毫无疑问，它就是明摆着的。"她给凯蒂讲了很多关于她嫂子临盆分娩的故事，如果没有凯蒂的幽默感，这些故事会让她非常震惊。圣约瑟夫修女以一种令人愉快的方式将她成长过程中的现实景象（一条河流蜿蜒流过她父亲农场的草地，河岸上的杨树在微风中摇曳）与宗教故事紧密地结合在了一起。有一天，她坚信一个异教徒根本不可能知道这些故事，于是她给凯蒂讲述了天使报喜[①]。

她说："我读到《圣经》上的那些诗句，总是泪流不止。我也不知道为什么，但它给了我一种很有趣的感觉。"

然后她用法语，用凯蒂听上去不熟悉的词，用（准确地说）有点冷淡的语调念道：

"天使进去，对他说，蒙大恩的女子，我问你安，主和你同在了。"

生育的神秘感在修道院里飘荡，就像一阵阵微风吹拂着果园的白色花朵。一想到凯蒂怀着孩子，这些不生育的妇女就感到不安和兴奋。她们对怀孕的反应使凯蒂感到害怕，又感到着迷。她们凭借强烈的常识理性看待她的身体状况，因为她们是农民和渔民的女儿；但在她们孩子气的心中却充满了敬畏。一想到她身体里的重担，她们就心烦意乱又兴奋无比。圣约瑟夫修女告诉她，她们都在为她祈祷，圣马丁修女说凯蒂不是天主教徒太遗憾了；但是院长嬷嬷责备了圣马丁修女，她说，即使是新教徒也可以做一个好女人——一个勇敢的女人，上帝是以某种方式或其他方式安排了这一切。

凯蒂为她所引起的这些骚动所感动，也有些不知所措，但当她发现即使是那位圣洁朴素的院长嬷嬷也以一种新的柔顺有礼的态度对待她时，她感到无比惊讶。她一向对凯蒂很好，但态度多

① 指天使长加百利告诉玛丽亚，说她将产下上帝之子的典故。

少有些冷淡；而现在她用一种温柔的态度对待她，其中有一种母性的东西。她的声音里有一种新的温柔的音调，她的眼里有一种突如其来的、会跑来跑去的顽皮，仿佛凯蒂是一个做了一件聪明有趣的事情的孩子。院长的灵魂就像一片平静的灰色大海，波澜壮阔，有一种深沉的伟大，令人敬畏，然后突然一缕阳光使它变得机敏、友好而欢快。现在她常常在晚上的时候和凯蒂坐在一起。

“我必须小心，别让你累着了，我的孩子，”她说，给自己找了一个明显的借口，“否则费恩医生永远都不会原谅我的。哦，这个英国人的可怕的自制力！他心里已经欣喜若狂了，但当你跟他谈起这件事时，他的脸色又变得十分苍白。”

她握着凯蒂的手，深情地拍了拍。

“费恩医生告诉我，他希望你离开，但你不愿意，因为你不忍心离开我们。你真是太好了，我亲爱的孩子，我想让你知道，我们深深感激你对我们的帮助。但我认为你也不想离开他，这样更好，因为你就应该在他身边，他需要你。啊，我都不知道如果没有了这位可敬的人我们该怎么办。”

“我很高兴他能为你们做点什么。”凯蒂说。

“你必定是全心全意地爱着他的，亲爱的。他是个圣人。”

凯蒂笑了，心里叹了口气。现在她能为沃尔特做的事情只有一件，但她想不出来该怎么做。她希望他原谅她，不再是为了她，而是为了他自己；因为她觉得只有这样他才能获得内心的安宁。但是请求他原谅是没有用的，如果他怀疑她是为了他的利益而不是为了她自己的利益在请求谅解，那么他顽固的虚荣心会让他不惜一切代价拒绝的（奇怪的是，他的虚荣心现在不再激怒她，这似乎是很自然的，现在只会让她感到难过）；唯一的机会可能是，一些意外事件可能会让他失去警惕。她有一个想法，情绪的猛烈冲击可能会把他从怨恨的噩梦中解放出来，但是根据他过去可悲的愚蠢行为模式，当这样的情绪到来时，他会竭尽全力反抗它。

这对一个男人来说难道不是太可悲了吗？在一个充满痛苦的世界里，人们的生命短暂、转瞬即逝，而一个人竟然还要如此折磨自己？

60

虽然院长嬷嬷与凯蒂的谈话不超过三四次，其中有一两次也不超过十分钟，但她给凯蒂留下了深刻的印象。她的性格就像一个国家，乍一看，这个国家似乎很宏伟，很不友善；但仔细观察，你会发现在雄伟的山峦中遍布果树，果林中有美好的小村庄，在郁郁葱葱的草地上有怡人的蜿蜒缓行的河流。但是，这些舒适的景象虽然会让你感到惊讶甚至安心，却还不足以让你在这片黄褐色的高地和狂风肆虐的土壤上感到宾至如归、安逸舒适。院长嬷嬷是不可能亲密接触的，她身上有一种非个人的气质，凯蒂对其他修女都有这种感觉，即使脾气好、爱说话的圣约瑟夫修女也具有这种气质。但对院长嬷嬷来说，这构成了一种几乎显而易见的亲近的障碍。她能和你在同一片土地上行走，处理日常事务，却能如此明显地生活在你够不到的另一个层面，这给人一种奇妙的感觉，既令人毛骨悚然，又心生敬畏。

她曾经对凯蒂说：“一个信教的人不停地向耶稣祈祷是不够的，她应该成为祈祷本身。”

尽管她的谈话与她的宗教信仰交织在一起，但凯蒂觉得这是很自然的，她也没有任何要改变凯蒂的异端宗教信仰的意图。她觉得奇怪的是，这位仁厚慈善的院长嬷嬷竟然放任自己一直处于一种有罪的无知的状态。

一天晚上，她们俩又坐在了一起。现在白天的时间越来越短了，傍晚柔和的光线令人愉快又有点忧郁。这位嬷嬷看起来很累。她那充满悲剧性色彩的脸庞苍白而憔悴，那双美丽的黑眼睛也失去了光彩和热情。她的疲劳也许促使她产生了一种少有的信任的情绪。

“对我来说，这是一个值得纪念的日子，我的孩子。”她说道，打破了长时间的静默的沉思，“因为这是我最终决定投身宗教的周年纪念日。有整整两年的时间，我一直在想这件事，但我一直在苦于一种对上帝召唤的恐惧，因为我害怕我可能会被这个世界的精神再次困住。但那天早上，当我与母亲聊天时，我发誓我会在天黑前向我亲爱的母亲宣布我的愿望。在我接受圣餐之后，我请求主给我心灵的平静：只有当你不再渴望它时，才获得真正的答案。”

院长嬷嬷似乎沉浸在对过去的回忆中。

“那天，我们的一位朋友，维尔诺夫人，没有告知任何亲戚就动身前往迦密山[1]。她知道亲戚都会反对她的做法，但她是一个寡妇，她认为她有权按照自己的意愿行事。我的一个堂姐妹去和那个可爱的逃犯告别了，直到晚上才回来。她告诉我们说，她非常感动。我还没有把我的想法告诉过我的母亲，一想到要告诉她，我就浑身发抖，但我希望保持我在圣餐会上的决心。我问了我堂姐妹各种各样的问题，但我的母亲似乎正全神贯注地观察她的挂毯，一句话也没说。当我说话时，我先对自己说：'如果我想今天说，那我一分钟也不能耽误。'

"奇怪的是，我对那一幕的记忆如此清晰。我们围着桌子坐着，那是一张铺着红色桌布的圆桌，头顶是一盏装饰着绿色灯罩的吊灯。我的两个堂姐妹和我们住在一起，我们都在给客厅的椅子做新的织锦。你能想象吗，它们从路易十四时代就再没有被包起来过，买它们的时候，它们已经褪色了，非常破旧，我母亲说这是一种耻辱。

"我试着开口，但我的嘴唇一动也不能动。然后，在沉默了几分钟后，母亲突然对我说：'我真的无法理解你朋友的行为。我不喜欢这样不留下一句话就离开所有爱她的人的人。这种姿态很夸张，我不能接受。一个有教养的女人不会做任何会引起人们谈论她的事。我希望，如果你打算离开我们、打算给我们带来巨

① 是基督徒心目中的圣山，被誉为"活神的代表"的先知以利亚和其爱徒以利沙曾长居于此。

大的悲痛，你也不会像逃犯一样默默逃走。’

“这正是开口的时机，但我的软弱使我只能说：‘啊，放心吧，妈妈，我不会有那种劲头的。’

“我母亲没有回答，我后悔万分，因为我不敢表明我自己。我仿佛听到了主对圣彼得的话：‘彼得，你爱我吗？’哦，我是多么软弱，多么忘恩负义！我喜欢舒适安逸，我的生活方式，我的家庭和种种娱乐消遣。过了一会儿，我的母亲对我说：‘不过，我的奥黛特，我认为如果你没有做一些有长久意义的事情，你会觉得虚度此生的。’

“我仍然沉浸在焦虑和沉思中，而我的堂姐妹们，丝毫不知道我心中的波澜万丈，仍然安静地工作着。突然，我的母亲放下织锦，聚精会神地看着我，说：‘啊，我亲爱的孩子，我非常肯定你最终会成为一个虔诚的教徒的。’

“‘你说的是真的吗，我的好母亲？’我回答道，‘你说出了我最深的想法和愿望。’

“‘噢，是的，’我的堂姐妹们也叫道，打断了我的话，‘两年来奥黛特什么都没想到，就考虑着这个愿望。但是你不会同意的，夫人，你也不能同意。’

“‘亲爱的孩子们，如果这是上帝的旨意，我们又有什么权利拒绝呢？’母亲说。

“于是，我的堂姐妹们想拿这段对话开个玩笑，问我打算怎么处理我的那些小物件，然后兴高采烈地争吵着谁该占有这个、谁该占有那个。但最初的欢乐时光持续了很短时间，我们开始哭泣。然后我们听到我父亲上楼来了。”

院长嬷嬷停顿了一会儿，叹了口气说：“这对我父亲来说很难接受。我是他唯一的女儿，男人们对女儿的感情往往比对儿子的感情更深。”

“有一颗柔软的心真是太不幸了。”凯蒂笑着说。

“将这颗心奉献给耶稣基督的爱是一大幸事。”

这时，一个小女孩走到院长嬷嬷面前，自信地向她展示了一个不知怎么搞来的奇妙玩具。院长嬷嬷用她美丽、纤细的手搂住孩子的肩膀，孩子依偎在她怀里。院长嬷嬷的笑容是那么甜美，又是那么超然世间，凯蒂感到深深的感动。

“所有的孤儿对你的崇拜真是太感人了，嬷嬷。”她说，“如果我能赢得如此巨大的信任与依赖，我应该会感到非常自豪的。”

院长嬷嬷又一次露出她那淡然而美丽的微笑。

“只有一种方法可以赢得人们的心，那就是让自己成为一个能够被爱的人。”

61

沃尔特那天晚上没有回来吃饭。凯蒂等了他一会儿，因为当他被耽搁在城里的时候，他总是设法给她传信儿回来，但最后她还是坐在了餐桌旁。她只是吃了一点中国厨师总是摆在她面前的几盘菜，尽管瘟疫肆虐，供应困难，厨师还是很讲究餐食标准，每天都会准备很多菜。然后，她坐在开着的窗户旁的藤椅上，沉浸在星夜的美丽中。万籁俱寂使她身心清静。

她没有试着读书。她的思想漂浮在她的头脑表面，就像静静的湖面上反射的白云一般。她太累了，抓不住一缕思绪，只能跟着它走上思维的列车，任由思绪带往什么地方。她模模糊糊地想知道，她和修女们的谈话给她留下的种种印象对她有什么好处。奇怪的是，尽管她们的生活方式深深地打动了她，但她们由此所产生的信仰却丝毫未触动过她。她无法想象自己在任何时候被信仰的热情所俘虏。她轻轻地叹了口气，如果那道巨大的白光也能够照亮她的灵魂，也许一切都会变得容易些。有一两次，她想把自己的痛苦及其原因告诉院长嬷嬷；但是她不敢，她不能接受这个严肃的女人瞧不起她。对她来说，她所做的一切当然是一种严重的罪行。奇怪的是，她自己并不认为那是邪恶的，顶多是愚蠢或者丑陋罢了。

也许是由于她自己的迟钝，她认为自己与查理的关系是让她后悔的，甚至是让她震惊的，但她宁愿被遗忘，也不愿忏悔那件事。这就像在聚会上犯了一个错误，这个错误令人极为难堪，但是木已成舟、无计可施，把它看得太重要却显得缺乏智慧。她一想到查理，就不寒而栗，他那庞大的身躯掩饰得太好了，他又宽又厚的下巴，站着的时候总是挺直了胸膛，这样他看起来就不会有大肚子。他那红润的脸颊很快就变成一片网状的小红格子，继续透露着他那乐观的气质。她之前很喜欢他浓密的眉毛，现在那双眉毛在她看来既野蛮又令人厌恶。

那未来会怎么样呢？奇怪的是，她对未来是多么的漠不关心，她根本看不清楚未来。也许她会在孩子出生时死去。她的妹妹多丽丝总是比她强壮得多，多丽丝就差点死在了分娩的时候（她尽了自己的责任，为新任男爵生了一个继承人。凯蒂一想到母亲的心满意足就笑了）。如果未来如此渺茫，那可能意味着她注定永远看不到它。沃尔特可能会要求她的母亲来照顾孩子——如果孩子活下来的话。她对他非常了解。可以肯定，不管他父亲身份如何不确定，他都会善待孩子。在任何情况下都可以确信沃尔特的行为举止会是令人钦佩的。遗憾的是，以他的伟大品质、他的无私和荣誉感、他的聪明才智和敏感性，他竟然如此不讨人喜欢。她现在一点也不害怕他了，只是为他感到难过，同时又禁不住觉得他有点荒唐。他深沉的感情使他很脆弱，她有一种感觉，在某个时候，以某种方式，她可以设法说服他原谅她。她现在有一个想法萦绕在心头，那就是这样能使他心平气和，就可以对她给他带来的痛苦作出唯一可能的补偿。遗憾的是，他没有什么幽默感。总有一天，她相信他们俩会一起嘲笑他们互相折磨的行为和方式。

她太累了。她把灯拿进房间，脱了衣服。她躺在床上，不久就睡着了。

62

但她被巨大的敲门声吵醒了。起初，由于敲门声和被搅扰的梦交织在一起，她无法将声音与现实联系起来。敲门声继续响着，她意识到那是院子的大门。天很黑。她拿起一块镀了磷的手表，看了看，已经两点半了。一定是沃尔特回来了——他回来得好晚——他没能叫醒那个守夜的男仆吗。敲门声继续响着，越来越响，在寂静的夜里，真的有点吓人。敲门声突然停止了，她听到了沉重的门闩收回的声音。沃尔特从来没有回来这么晚过。可怜的家伙，他一定累坏了！她希望他还能有些理智直接把自己扔到上床去睡觉，而不是像往常一样继续在实验室里工作。

又有一种声音传来，有人走进了院子。这很奇怪，因为沃尔特很晚回家的时候，为了不打扰她，他都会努力保持安静。她听到两三个人飞快地跑上木台阶，走进隔壁的房间。凯蒂有点害怕。在她脑海的深处潜藏着对排外暴乱的恐惧。发生什么事了吗？她的心脏开始快速跳动。但是，在她还没来得及把她那模糊的恐惧定型之前，有人走近房间，敲了敲她的门。

“费恩太太。”

她听出了瓦丁顿的声音。

“我在。出什么事了吗？”

“你能马上起床吗？我有话要跟你说。”

凯蒂从床上坐起来，穿上晨衣。她打开门锁，推开了门。她瞥了瓦丁顿一眼，只见他穿着一条中国长裤和一件茧绸大衣，管家仆人手里拿着一盏防风灯，再往后一点，站着三名身穿卡其布的中国士兵。当她看到瓦丁顿脸上的惊愕时，她吓了一跳。他的头发乱糟糟的，好像也是刚从床上跳下来似的。

“怎么了？”她喘着粗气说。

“你必须保持冷静。一刻也不能耽误。马上穿上你的衣服，跟我来。”

“但是发生什么了？是城里发生什么事了吗？”

士兵们的出现似乎在向她暗示，暴乱爆发了，他们是来保护她的。

“你丈夫病了。我们需要你马上过去。”

“沃尔特？”她喊道。

“你千万不要心烦意乱。我也不知道到底是怎么回事。于上校派这个军官来找我，让我马上带你去衙门。”

凯蒂盯着他看了一会儿，心里突然感到一阵发冷，然后转过身去。

“我两分钟后就可以出发。”

“我就这么来的，”他回答道，“我也正睡着，我只是穿上外套和鞋子。”

她没有听到瓦丁顿说的话。她在星光下穿着衣服，拿上触手可及的所有东西。她的手指突然变得如此笨拙，以至于她似乎花了很长时间才扣上衣服上的小扣子。她把晚上穿的广东披肩披在了肩上。

“我没有戴帽子。那也不需要，是吗？”

“不需要。”

男仆把灯举在他们面前照亮，他们急忙走下台阶，走出院门。

“小心别摔倒。”瓦丁顿说，“你最好抓住我的胳膊。”

士兵们紧跟在他们后面。

“于上校叫了轿子。他们在河的另一边等着。”

他们很快地走下了山。凯蒂无法问出那个问题，那个问题让她的嘴唇颤抖得如此厉害。她非常害怕那个答案。他们来到岸边，船头一缕亮光射来，一艘舢板正等着他们。

“是霍乱吗？”她问道。

“恐怕是这样。”

她惊叫了一声，立刻停了下来。

“我想你应该尽快去。”他伸手扶她上船。通道很短，水面平静得像河水停滞了一般。他们站成一堆挤在船头，一位妇女背着一个孩子用单桨把舢板推离了河岸。

“他今天下午就病了，嗯……是昨天下午。”瓦丁顿说。

“为什么不马上叫我过去呢？”

尽管没有什么理由，他们还是只是低声说话。在黑暗中，凯蒂也能感觉到同伴的焦虑有多么强烈。

“于上校想让人来叫你，但他不让。于上校一直和他在一起。”

“他还是应该叫人来接我的。这太无情了。”

“你丈夫知道你从来没有见过一个得霍乱的人。这是一个可怕而恶心的景象。他不想让你看到它。”

“他毕竟是我丈夫。”她哽咽着说。

瓦丁顿没有回答。

“为什么现在又让我去了？”

瓦丁顿把手放在她的胳膊上。

“亲爱的，你一定很勇敢。你必须做好最坏的打算。”

她痛苦地悲叹了一声，又转过了身去，因为她看到三名中国士兵正看着她。奇怪的是，她突然瞥见了他们的眼白。

“他是要死了吗？”

“我知道的也只是那个于上校派来的军官带来的口信。据我所知，已经快要不行了。”

“没有任何希望了吗？”

“我很抱歉，如果我们不尽快赶到那里，恐怕就见不到他最后一面了。”

她颤抖着，眼泪顺着她的脸颊流了下来。

“你看，他已经劳累过度，完全没有抵抗力了。”

她以一种恼怒的姿势把手从他的手臂里褪了出来。他竟然用那种低沉而痛苦的声音说话，这使她很恼火。

他们到了岸边，两名中国苦力站在岸边帮她上了岸。轿子在等着了。当她走进轿厢时，瓦丁顿对她说：“试着控制住你的神经。你现在需要的是你所有的自制力。”

“那就告诉轿夫们快点。”

“他们接到的命令就是尽快。”

那名传话的军官已经坐在轿子上了，他的轿子经过时，军官向抬着凯蒂的轿夫喊着话。他们灵巧地把轿子抬起来，把轿杆搭在肩上，然后迅速地出发了。瓦丁顿紧随其后。轿夫们一路跑上山，每顶轿子前都有一个人拿着灯笼走在前面照亮。水门前，看门人拿着火把站着。当他们走近时，军官向他呼喊，他便猛地打开大门的一侧让一行人通过。当他们经过的时候，他发出了一些感叹的声音，轿夫也回应着喊了一声。夜深人静的时候，用一种奇怪的语言发出的喉音是神秘而令人震惊的。他们在湿滑的鹅卵石铺就的小巷上滑行，军官轿子的一名轿夫绊了一跤。凯蒂听到军官愤怒地提高了嗓门，听到轿夫的尖锐反驳，然后前面的轿子又急忙地往前赶了起来。街道狭窄而曲折。这座城市笼罩在深深的夜色里，也笼罩在死气沉沉的阴霾里。他们急匆匆地沿着一条狭窄的小巷，拐了个弯，然后又跑了一段路，走了一段台阶。轿夫们开始呼呼喘着粗气了，他们默默地迈着又长又快的步伐走着。

其中一个拿出一块破烂的手帕，边走边擦去额头上流进眼睛的汗水。他们这样那样地绕来绕去，好像是在迷宫里疾驰而过。在已经闭门的商店的阴影下，有时会有一个似乎躺着的身影，但你不知道那是一个会在黎明时分醒来的人，还是一个已经永远醒不过来的人。狭窄的街道上一片寂静，空无一物。突然，一只狗大声吠叫起来，吓得凯蒂紧绷的神经都要崩溃了。她不知道他们究竟要去哪里。这条路似乎没有尽头。他们不能走得更快一点吗？再快一点。再快一点。时间在流逝，任何时候都可能为时已晚。

63

突然，他们沿着一堵空白的长墙走进了一个门廊，门廊两旁是岗亭，轿夫放下了轿子。瓦丁顿急忙向凯蒂走去。她已经从轿子里跳了出来。军官大声敲门并大声喊叫着。一个边门打开了，他们进入一个又大又方的院子。士兵们蜷缩在墙角，在悬垂屋顶的屋檐下，裹着毯子，成群结队地躺着。他们停留了一会儿，军官与一名可能是守卫的士兵交谈了几句。他转身对瓦丁顿说了些什么。

“他还活着。”瓦丁顿低声告诉凯蒂，“走路要小心。”

他们的前面仍然是提着灯笼的人，他们穿过院子，上了几级台阶，穿过一个大门口，然后下到另一个宽阔的院子里。一边是一间长长的房间，房间里面的灯光透过窗户上糊着的宣纸照亮了院子，也勾勒出窗格子的精致图案。提灯笼的人领着他们穿过院子，朝一个房间走去，军官敲了敲门。它立刻被打开了，军官看了凯蒂一眼，退后了一步。

“你进去吧。”瓦丁顿说。

这是一个狭长低矮的房间，照明用的灯昏昏暗暗。三四个勤务兵站在屋里。在门对面靠墙的木板床上，一个男人盖着毯子蜷缩地躺着。一名军官一动不动地站在床边。

凯蒂急忙走上前，靠在床边。沃尔特闭着眼睛躺着，在那阴暗的灯光下，他的脸上有了死亡的灰色。他一动不动得可怕。

“沃尔特，沃尔特。”凯蒂气喘吁吁地喊，声音低沉而惊恐。

他的身体轻微地动了一下，或者只是看起来动了一下。那动作实在是太小了，就像一股呼出来的难以感受到的空气一样，但那口气却在一瞬间搅动了平静的水面。

“沃尔特，沃尔特，跟我说说话。”

他的眼睛慢慢地睁开了，好像要抬起那双沉重的眼皮需要无限的努力，但他没有看凯蒂，他盯着离脸几英寸远的墙面。他说话了，他的声音低沉而微弱，带着一丝微笑。

“这可真是件难办的事啊。”他说。

凯蒂不敢呼吸。他没有再发出任何声音，也没有任何动作，但是他的眼睛，他那双黑色、冰冷的眼睛（现在看到什么神秘的东西了吗？）一直盯着那面粉刷过的墙。凯蒂站了起来。她用憔悴的目光望着站在床边的那个人。

“肯定还有办法。你不会站在那里什么都不做吧？”

她紧握双手。瓦丁顿和站在床尾的军官交谈起来。

“恐怕他们已经尽了一切努力了。团里的外科医生一直在给他治疗。你丈夫训练过他，他已经做了你丈夫能做的一切。”

“他是那个外科医生吗？”

“不，这是于上校。你丈夫生病之后，他就没有离开过。”

凯蒂心烦意乱，瞥了他一眼。他身材高大，身形结实，穿着卡其布制服，那身制服显然让他并不舒服。他看着沃尔特，她看到他的眼睛被泪水打湿了。这使她感到一阵刺痛。为什么那个黄皮扁脸的男人眼里含着泪水？这激怒了她。

“现在什么都不做真是太可怕了。”

“至少他不会再痛苦了。”瓦丁顿说。

她再次向丈夫俯下身去。他那双可怕的眼睛仍然茫然地盯着面前的墙壁。她不知道他是否看见了他们。她不知道他是否听到了他们所说的话。她把嘴唇贴近了他的耳朵。

“沃尔特，告诉我我们能做点什么。”

她想他们一定能给他某种药物，以延缓可怕的生命的衰退。现在她的眼睛已经习惯了他脸上的模糊灯光，她惊恐地看到他的脸都垮了下来。她几乎认不出他来。难以想象的是，在短短的几个小时内，他就变成了另一个人；他一点也不像个人，他看起来像死了一样。

她觉得他在努力说话。她把耳朵凑得更近了。

“别担心，我经历了一段艰难的旅程，但我现在没事了。”

凯蒂等了一会儿，但他没再开口。他一动不动，那痛苦模样撕碎了她的心。他就躺在那里一动不动，真是太可怕了。他似乎已经为进入寂静的坟墓做好了准备。有一个人，可能是外科医生或护理员，走上前来，做了个手势，示意凯蒂靠边。他靠在垂死的人身上，用一块脏抹布帮他沾湿了嘴唇。凯蒂再次站起来，绝望地转向瓦丁顿。

“真的没有希望了吗？”她低声说。

他摇摇头。

“他还能活多久？”

“谁也说不准。大概一个小时吧。”

凯蒂环视着光秃秃的房间，她的目光停留在了于上校身上。

“我能和他单独待一会儿吗？”她问道，“我只要一分钟。”

“当然可以，如果你想的话。”

瓦丁顿走到上校跟前和他说了几句。上校鞠了一躬，然后低声发出了命令。

“我们会在台阶上等着，”瓦丁顿说，（士兵们列队走了出去）“你只要叫我们就行。”

现在，难以置信的事情已经淹没了她的意识，就像一种毒品在她的血管里流淌，她意识到沃尔特快要死了，她只有一个想法，那就是把一直毒害他的仇恨从他的灵魂中拖出来，让他走得更平静。在她看来，如果他能原谅她，平静地死去，他就是原谅了自己。她现在一点也不想考虑自己，只想考虑他。

“沃尔特，我恳求你原谅我。”她俯身对他说，因为害怕他承受不了压力，她小心地不触碰到他，“我为我对你所做的错事感到非常抱歉。我非常后悔。”

他什么也没说。他似乎没有听见。她不得不坚持着说下去。

她觉得他的灵魂就像一只飞舞的飞蛾，翅膀上满是仇恨。

“亲爱的。”

一抹阴影掠过他苍白而凹陷的脸。这算不上是一个动作，像是一种可怕的抽搐引起的。她以前从未那样称呼过他。也许在他奄奄一息的脑子里，有一个困惑而难以理解的想法，那就是他只听过她用“亲爱的”这个词来形容过狗、婴儿和汽车，这是她常用的词。然后可怕的事情发生了。她紧握双手，尽力控制住自己，因为她看到两滴眼泪从他消瘦的脸颊上慢慢流下来。

“哦，我的宝贝，亲爱的，如果你曾经爱过我——我知道你爱我，虽然我是可恨的——我请求你原谅我。我现在没有机会表达我的忏悔。可怜可怜我吧。我恳求你原谅我。”

她停了下来。她气喘吁吁地看着沃尔特，热切地等待着他的回应。她看到他试图说话。她的心怦怦直跳。如果在这最后一刻她能使他从痛苦中解脱出来，那将是对她给他带来的痛苦的一种补偿。他的嘴唇动了一下。他依然没有看凯蒂一眼，只是目不转睛地盯着那堵刷成白色的墙。她靠在他身上以便能听见他的话，这次他说得很清楚：

“死的却是那条狗。”

她一动不动，好像变成了石头一样。她疑惑不解、混乱惊恐地望着他。这话毫无意义，他已经精神错乱了。他说的话她一个字也没听懂。

他看起来如此平静，要活得如此平静几乎是不可能的。她目不转睛地盯着他。沃尔特的眼睛睁着。她不知道他是否还有呼吸。她开始害怕起来。

“沃尔特。”她低声喊道，“沃尔特。”

最后，她突然站了起来，一阵恐惧揪住她的心。她转身走到门口。

“你们能看看他吗。他似乎没有……”

外面站着的人都走了进来。军队的外科医生走到病床边。他拿出一支手电筒，打开后照了照沃尔特的眼睛。然后他合上了它们。他用中文说了些什么。瓦丁顿用胳膊搂住凯蒂。

“他恐怕已经死了。”

凯蒂深深地叹了一口气。她眼里流出了几滴眼泪。她感到头晕目眩，而不是不知所措。那些中国人无助地围着床站着，好像不知道下一步该怎么办。瓦丁顿沉默着。不一会儿，中国人开始彼此低声说话。

“你最好让我送你回平房。”瓦丁顿说，“他也会被带到那里的。”

凯蒂疲惫地把手放在额头上。她走到木板床边，倾身靠在上面。她轻轻地吻了一下沃尔特的嘴唇。她现在不哭了。

“很抱歉给你们添了这么多麻烦。”

她经过时，军官们向她敬了礼，她也郑重地向他们鞠躬回礼。凯蒂和瓦丁顿穿过院子，回到轿子上。她看见瓦丁顿点燃了一支香烟，烟雾袅袅升起，一下子就消散在了空中，就像人的生命一样。

64

天亮了，街面上中国商家开始拆卸商铺大门的木板，准备开张。在街道黑暗的凹处，一个女人就着蜡烛的微光正在洗手洗脸。在拐角处的一家茶馆里，一群人正在吃早餐。黎明的灰暗寒冷的光线像小偷一样沿着狭窄的小巷悄悄穿行。河面上笼着一层淡淡的薄雾，拥挤的船桅隐隐约约，像幽灵军队的长矛。当他们穿过马路时，天气很冷，凯蒂蜷缩在鲜艳的披肩里。他们向山上走去，慢慢走到了薄雾之上。太阳从晴朗的天空中照耀下来。它闪耀着光芒，仿佛跟过去的每一天一样，它和它亘古以来的同伴们是没有办法区分开来的。

“你想躺会儿吗？”当他们走进平房时，瓦丁顿说。

“不，我想在窗前坐会儿。”

在过去的几个星期里，她经常坐在窗前，一坐就是很长时间。现在，她的眼睛对那座坐落在巨大堡垒上的神奇、华而不实、美丽而神秘的庙宇非常熟悉了，这使她的精神可以放松休息。一切都是那么不真实，即使在酷烈的光线下，她也像是漂浮在现实生活之外一样。

“我去叫那个男仆给你沏茶。恐怕今天上午就必须埋葬他了。我会安排好一切的。”

“谢谢你。”

65

他们三小时后埋葬了他。让凯蒂觉得可怕的是，沃尔特只能被放进中国棺材里，好像躺在一张陌生的床上，他必然无法安宁地休息，但却没有人能够帮他。修女们在得知了城里发生的一切的同时，也得知了沃尔特的死讯，她们让信使送来了一个大丽花十字架，笔挺而正式，就像是老练的花匠做成的。中国棺材上放上十字架看起来很奇怪，很不合适。当一切准备就绪时，他们不得不等待于上校，于上校曾派人跟瓦丁顿说他想参加葬礼。他在一名副官的陪同下赶到了。他们走上山，六名苦力抬着棺材，走到一小块土地上，那里埋葬着被沃尔特接替的传教士。瓦丁顿在传教士的遗物中发现了一本英文祈祷书，他用一种不同寻常的尴尬低声，在葬礼仪式上朗读。也许，当他朗读着那些严肃而可怕的话语时，脑海中萦绕着这样一种想法：如果轮到他成为瘟疫的牺牲品，那么那时就没有人会为他朗读这些话了。棺材被放进了墓穴里，掘墓人开始往里面填土。

于上校一直脱帽站在坟边，戴上了帽子之后，严肃地向凯蒂敬了礼，又对瓦丁顿说了一两句话，就带着他的副官走开了。苦力们好奇地想观看一场基督教葬礼，他们在附近徘徊，慢慢变成了一群散乱的人，他们把扁担拿在手中，悠闲地走开了。凯蒂和瓦丁顿等着坟墓被泥土填满，再堆起高高的坟堆。新鲜泥土的味道混合着修女们朴素的大丽花的味道。凯蒂没有哭，但当第一铲土落在棺材上发出哗哗的声音时，她感到心里一阵剧痛。

她抬头看到瓦丁顿在等她一同离开。

“你有事情要忙吗？”她问，“我现在还不想回平房去。”

“我没什么事要做。我完全供你差遣。”

66

他们沿着堤道散步，一直走到矗立着牌坊的山顶，那是一位贤惠寡妇的纪念碑，凯蒂对这个地方的印象很大一部分是都来自这座牌坊。这是一种象征，但却是她不太明白的东西，她说不出来为什么会觉得它带有如此讽刺的意味。

“我们坐一会儿好吗？我们好久没有坐在这里了。”平原在她面前伸展开来，在晨光中，这里格外宁静，“我来这里才几个星期，却好像是一辈子的事了。”

他没有回答，她任由自己的思绪飘荡了一阵子，叹了口气。

“你认为灵魂是不朽的吗？”她问道。

他似乎对这个问题并不感到惊讶。

“我怎么能知道呢？”

“刚才，当他们给沃尔特清洗身体，在把他放进棺材之前，我去看了看他。他看起来很年轻。太年轻了，他不应该死的。你还记得你第一次带我去散步时我们看到的那个乞丐吗？我感到害怕不是因为他死了，而是因为他看起来好像从来都不是人，他只是一只死动物。现在，沃尔特看起来却像一台停止运转的机器。这才是最可怕的。如果它只是一台机器，那么所有这些苦难、心痛和悲伤是多么的徒劳。”

他没有回答，但他的目光在他们脚下的风景里游走。那是个快乐的阳光明媚的早晨，广阔的天空充满了欢欣。整齐的小稻田一直延伸到眼睛所能看到的最远处，稻田里许多穿着蓝衣服的农民和他们的水牛在辛勤地劳动。这是一个平静而愉快的画面。凯蒂又打破了沉默。

“我没法告诉你，我在修道院所看到的一切让我有多么感动。她们太伟大了，那些修女，她们让我觉得自己一文不值。她们放弃了一切，她们的家，她们的国家，爱情，孩子，自由；还有所有我有时认为更难放弃的些微东西，鲜花和绿色的田野，秋天的散步，书籍和音乐，舒适……她们放弃了一切，一切。她们这样做是为了献身于牺牲、贫穷、顺服、杀戮和祈祷的生活。对她们所有人来说，这个世界确实是一个流放之地。生命是一个十字架,她们心甘情愿地背着,但在她们的心中始终有一个愿望——哦，它比愿望强大得多，它是一种渴望，一种对死亡的渴望，一种将引导她们走向永生的热切的渴望。”

凯蒂紧握双手，痛苦地看着他。

“嗯？”

“但是假如没有永恒的生命呢？想想，如果死亡真的是万物的终结，那意味着什么。她们白白放弃了一切。她们被骗了。她们是傻瓜。”

瓦丁顿沉思了一会儿说：“我想知道，我想知道如果她们的目标是幻想，这是不是重要。她们的生活本身就是美好的。我有一个想法，唯一能让我们毫无厌恶地看待我们生活在其中的这个世界的办法，就是人们不时在混乱中创造的美。他们画的画，他们谱写的音乐，他们写的书，他们过的生活。在所有这些经历中，最美丽的是美丽的生活。那是一件完美的艺术品。”

凯蒂叹了口气。他说的似乎很难达到。她想知道更多。

“你去过交响音乐会吗？”他接着说。

“是的，”她笑了，“我对音乐一无所知，但我很喜欢音乐会。”

“乐队的每个成员都在演奏自己的小乐器，你认为他们对客观呈现的复杂和声有多少了解呢？他只关心自己的一小部分。但他知道这首交响乐会很动听，虽然他们之中没有人能够听到，但仍然知道是动听的，因此他很乐意继续扮演自己的角色。”

“前几天你谈到了‘道’，”凯蒂停顿了一下说，“告诉我那是什么。”

瓦丁顿看了她一眼，犹豫了一会儿，然后带着笑脸回答说：

“那是路，也是走在路上的人。那是一条永恒的道路，所有的生命都沿着这条道路前行，但没有什么能够创造‘道’，因为它本身就是存在。它是一切，又什么都不是。一切事物都从它而来，一切事物都与它相适应，最后一切事物都回归到它。它是没有角的正方形，是耳朵听不见的声音，是没有样式的图像。它是一张巨大的网，虽然它的网孔像大海一样宽，但它可以网住一切。它是万物的避难所。它不存在于任何地方，但不用向外眺望，你也可能会看到它。它教导我们，要盼望无所盼望的状态，让一切顺其自然。谦卑的人将会受到最好的保护。受屈的人终会沉冤得雪。失败是成功的基础，成功却是失败的潜伏之处；但谁也不知道转折点何时到来。有志于成为柔和的人，即使是小孩子，也会变得柔和。柔和使人攻无不克、守无不成。真正的力量意味着战胜自己。”

“这有什么意义吗？”

“有时候，我喝了半打威士忌，看着天上的星星，我想也许是这样。”

沉默又一次降临在他们身上，凯蒂又将它打破了。

“告诉我，‘死的却是那条狗’，是哪里的一句话？”

瓦丁顿的嘴唇露出了微笑，他已经准备好要回答了，但也许在那一刻，他的情感变得异常敏锐。凯蒂没有看着他，但她的表情中有某种东西使他改变了主意。

“如果是句出自哪里的话，我想我不知道。”他谨慎地回答，“为什么突然问这个？”

“没什么，我就是突然想起来了，它听起来很耳熟。”

又是一片沉默。

“当你和你丈夫单独在一起的时候，”瓦丁顿接着说，“我和军医谈过了。我想我们需要知道一些细节。”

“什么？”

“他处于歇斯底里的状态，我也不太明白他的意思。据我所知，你丈夫是在做实验的过程中被感染的。”

“他总是在做实验。他不是一个真正的医生，他是一个细菌学家；这就是他如此渴望来到这里的原因。”

“但我无法从那位军医的陈述中分辨出他究竟是意外感染的还是他就是在自己身上做实验。”

凯蒂的脸色变得非常苍白。这些信息使她不寒而栗。瓦丁顿拉着她的手。

“请原谅我又提起了这些事，”他温和地说，“但我想这可能会让你感到安慰——我知道在这种情况下，要说出任何有用的话是多么困难——我想沃尔特是科学和职责的殉道者，这对你可能意味着什么。”

凯蒂耸了耸肩，带着不耐烦的怀疑。

“沃尔特死于心碎。”她说。

瓦丁顿没有回答。她转过身，慢慢地看着他。她脸色苍白，表情坚定。

“他说的‘死的却是那条狗’是什么意思？那到底是什么意思？”

“这是戈德史密斯的《挽歌》的最后一句。”

67

第二天早上，凯蒂依然去修道院帮忙。开门的女孩看到她似乎很惊讶。凯蒂做了几分钟日常的工作之后，院长嬷嬷进来了。她走到凯蒂跟前，握住了她的手。

“我很高兴见到你，我亲爱的孩子。你在经历了巨大的悲痛之后这么快就回到这里，表现出了极大的勇气，还有智慧，因为我相信做一些工作能将你从沉思中拉出来。”

凯蒂眼圈泛红，垂下了眼睑——她不想让院长嬷嬷看透她的内心。

“我想我也不需要告诉你，我们所有人都多么真诚的同情你。”

“你们真好。”凯蒂小声说。

“我们都不断地为你祈祷，为你失去的他的灵魂祈祷。”

凯蒂没有回答。院长嬷嬷松开了手，用她冷静、权威的语气把各种任务分配给她。她拍了拍两三个孩子的头，给了她们一个冷淡但令人愉悦的微笑，然后继续处理更紧迫的事情去了。

68

一周过去了。凯蒂正在修道院里缝纫。院长嬷嬷走进了房间，坐在她旁边。她精明的目光扫过凯蒂的作品。

“你缝得很好，亲爱的。现在很少有年轻女性能缝得这么好了。”

“是我母亲教我的。”

“我相信你母亲会很高兴再次见到你的。”

凯蒂抬起头来。院长嬷嬷的态度让这句话听起来不像是一种随便的礼貌。她接着说：

“在你亲爱的丈夫去世后，我允许你继续来这里，是因为我认为工作可以分散你的注意力。我认为你那个时候不适合独自一人远行回到香港，我也不希望你独自坐在家里，无所事事，只想回忆你失去的人。但是现在八天过去了。你该走了。”

“但我不想离开，嬷嬷。我想留在这里。”

“你没有理由继续待在这里了。你是为了和你丈夫在一起所以才来的。但是你丈夫已经去世了。你现在的状况是，你很快就会需要护理和照顾，但是这里不可能提供。我亲爱的孩子，这也是你的责任，你有责任尽你所能照顾好上帝托付给你照顾的人，为了他的幸福。”

凯蒂沉默了一会儿。她低下了头。

“我觉得我在这里有些用处，想到这个我很高兴。我希望你能允许我继续在这儿工作，直到疫情结束。”

“我们都非常感谢你为我们所做的一切，”院长微微一笑回答，“但是现在疫情正在消退，来这里的风险也不再是很大了，我已经邀请了两个姐妹从广东过来。她们应该很快就到了，她们一到，我想我就不能再占用你的时间和精力了。”

凯蒂的心沉了下去。院长嬷嬷的语调不容置疑；她很了解院长，知道恳求对她来说无济于事。现在院长觉得有必要跟凯蒂讲道理，这使她的声音里带着一种调子，即使说不上是强硬，但也带着一种听起来专横的意味。

“这也是瓦丁顿先生很好心地征求的我的意见。”

“我希望他能别多管闲事。”凯蒂插嘴说。

“就算他没有问，我也有义务把这个建议告诉他。”院长嬷嬷温和地说，“现在你不应该继续待在这里了，应该待在你母亲身边。瓦丁顿先生已经和于上校安排了一个强大的护卫队，你在旅途中会非常安全，他还安排了轿夫和苦力。阿妈也会一路陪同你，在你们所经过的每个城镇也已经做好了安排。事实上，一切可能让你旅途顺利舒适的事情都已经安排好了。”

凯蒂的嘴唇紧闭着。她想他们至少可以在这件只涉及她自己的事情上征求她的意见。她不得不克制自己，以免做出尖刻的回答。

“那我什么时候出发？”

院长嬷嬷仍然很平静。

“亲爱的孩子，你越早回到香港，就可以越早乘船回英国。我们认为你后天黎明出发就最好了。”

“这么快。”

凯蒂有点想哭。但院长嬷嬷没说错，她在这里已经没有位置了。

“你们似乎都急于摆脱我。”她可怜兮兮地说。

凯蒂意识到院长的举止有点放松了下来。她看出凯蒂已经准备屈服了，不知不觉地拿出一副更亲切的语气。凯蒂的幽默感很敏锐，当她想到即使是圣徒也喜欢自行其是的时候，她的眼睛闪着幽默的光芒。

“我亲爱的孩子，请不要误会，以为我没有体会到你内心的善良，以及令人钦佩的仁慈，我知道这些都使你不愿意放弃你现在赋予自己的责任。”

凯蒂直直地盯着她的前方。她微微耸了耸肩。她知道她不能把这种崇高的美德归于自己。她想留下来，因为她没有别的地方可去。这是一种奇怪的感觉，世界上没有人在乎她是生是死。

“我不明白你为什么不愿意回家。”院长和蔼可亲地说，“这个国家有很多的外国人，他们日思夜想的就是你现在的机会，他们不惜一切代价地想回国。”

“但不包括你，嬷嬷？”

“噢，对我们来说，这是不同的，我亲爱的孩子。当我们来到这里时，我们就知道我们已经永远离开了家园。”

因为自己的感情受到了伤害，凯蒂突然萌生了一个也许带着恶意的想法，想要在那保护修女们使得她们对所有自然的感情都保持超然的信仰的盔甲上找到一个弱点。她想看看院长嬷嬷身上是否还有人性的弱点。

“我原本以为，无法再见到你所珍爱的人，无法再见到你生长的地方有时是很难接受的事情。”

院长嬷嬷犹豫了一会儿，但一直盯着她看的凯蒂看不出她那美丽而严肃的脸上的平静表情有什么变化。

“我的母亲现在已经很老了，这对她来说是很悲伤的事情，因为我是她唯一的女儿，她非常希望在她去世之前再见到我一次。我也希望我能给予她那种快乐。但这是不可能的，我们只能等到在天堂相见了。”

“尽管如此，当一个人想到那些自己珍视的人时，一定很难不问问自己，与他们隔绝是否正确。”

“你是在问我有没有后悔过我所选择的那一步？”突然，院长嬷嬷的脸变得容光焕发起来。“没有，从来没有。我用一种微不足道、毫无价值的生活来换取了牺牲和祈祷。”

一阵短暂的沉默之后，院长嬷嬷继续做出一副轻松的样子，微笑着说：

“我想请你带上一个小包裹，等你到马赛之后帮我寄出去。我不想把它委托给国家邮政局。我马上去拿。”

“你明天也可以给我。”凯蒂说。

“亲爱的，你明天太忙了，肯定不能来这儿。今晚你和我们道别会更方便些。”

院长站起身来，带着她那强大的习惯所无法掩饰的从容与尊严离开了房间。不一会儿，圣约瑟夫修女进来了。她是来道别的，她希望凯蒂旅途愉快。

她会很安全，因为于上校派了一支强大的卫队护送她，而且修女们经常都是独自旅行，也没有受到过什么伤害。她喜欢大海吗？天哪，如果印度洋上有暴风雨的话，她会多难受啊。她的母亲一定会很高兴见到女儿的，她必须照顾好自己，毕竟，她现在又有了一个小小的灵魂，她们都会为她祈祷。她也会不断地为她和亲爱的小婴儿祈祷，为这位可怜的勇敢的医生的灵魂祈祷。

修女滔滔不绝，和蔼可亲，充满深情地说着；然而，凯蒂深深地意识到，对于圣约瑟夫修女（她的目光仍然凝视着永恒）来说，她只是一个没有身体和物质的幽灵。凯蒂有一种狂野的冲动，想抓住这位身材魁梧、性情善良的修女的肩膀，摇着她，喊道：“你难道不知道我是一个人吗？我不快乐，我很孤独，我需要安慰、同情和鼓励。哦，难道你不能离开上帝一分钟，给我一点同情吗？你不是对所有苦难抱有基督的同情吗？为什么不能给我人类的同情呢？”这个想法使凯蒂嘴角露出了微笑，圣约瑟夫修女会多么惊讶啊！她肯定会确信——她现在只是怀疑——所有的英国人都是疯子。

“幸好我很适应海上航行，”凯蒂回答道，“我从来没有晕过船。”

院长嬷嬷带着一个整洁的小包裹回来了。

“这些是我为母亲命名日做的手帕，”她说，“这些首字母是我们的女孩们绣的。”

圣约瑟夫修女建议凯蒂看看这些手帕做得有多漂亮，院长嬷嬷带着宽容的微笑解开了包裹。手帕是用上好的细麻做成的，上面绣着繁复的密码似的姓名首字母，还装饰着草莓叶子的花冠。凯蒂还在对手帕的绣工赞美时，手帕又被包好，包裹递到她的手上。“嗯，夫人，我告辞了。”圣约瑟夫修女重复着这样礼貌而不带个人感情的问候，走了。凯蒂意识到现在是向院长嬷嬷告别的时候了。她感谢了她对她的好意。她们一起沿着光秃秃的、刷白的走廊走着。

“当你到马赛时，能麻烦你把包裹挂号寄出吗？”院长说。

“当然可以。”凯蒂说。

她瞥了一眼地址。地址看起来很气派，但指向的那个地方更吸引她的注意。

“但这是我见过的一个城堡。我和朋友在法国的时候一起开车去参观过。”

“这很有可能。”院长嬷嬷说，“我们会每周开放两天，让陌生人参观。”

“我想，如果我曾经住在这样一个美丽的地方，我永远都不会有勇气离开它。”

“那当然是有历史纪念意义的地方，但很难让人有亲密的感觉。如果我后悔离开哪里的话，也不会后悔离开那里，而是后悔离开我小时候住的小别墅。那是在比利牛斯山脉，我出生在大海的浪声中。我不否认，有时我喜欢听海浪拍打岩石的声音。”

凯蒂有一个想法，那就是院长嬷嬷在猜测她的想法和她说话的原因时，正在狡猾地取笑她。但是当她们走到了修道院那扇朴实无华的小门前时，令凯蒂惊讶的是，院长嬷嬷把她搂在了怀里，吻了吻她。她苍白的嘴唇压在凯蒂的脸颊上，她先吻了一边，然后又吻了另一边，这是如此出乎意料，以至于凯蒂一下子脸红了，很想放声痛哭。

“再见，上帝保佑你，我亲爱的孩子。”院长抱了凯蒂一会儿，“记住，恪尽本分不是什么值得称赞的事，那本来就是对你的要求，就像需要把弄脏的手洗干净一样。唯一重要的是对责任的爱，当爱和责任合二为一时，恩典就在你身上，你将享受一种超越一切理解的幸福。”

修道院的门在凯蒂身后最后一次关上了。

69

瓦丁顿又和凯蒂一起步行上山，他们绕道了一些去看了沃尔特的墓。在牌坊前，他向她道别，最后一次看着牌坊，她觉得她终于可以用一种同样的讽刺来回应牌坊外表的神秘讽刺了。她走进了轿子。

一天又一天过去了。路旁的景色成为凯蒂思考的背景板。它们看起来像一份份复制品，在立体镜里滚动出现，但这些景色又有更多的意义，因为在她所看到的每一件事物中，都加上了她之前的回忆，就在几周前，她朝着相反的方向走了同样的路。苦力们背着货物杂乱无章地散开走着，这里两三个人在一起，另一个人却在一百码以后，后面又有两三个人。卫队的士兵们拖着沉重的步子走着，这样一天能走二十五英里。阿妈坐着两个挑夫抬的小轿，凯蒂则坐着由四个轿夫抬着的轿子，倒不是因为她更重，而是因着她的身份。他们不时遇到一队苦力扛着沉重的担子从身边走过，不时有一位也坐在轿子里的中国官员用好奇的目光看着这位白人妇女。在去市场的路上他们遇到了戴着褪色的蓝色大帽子的农民，又遇到了女人，无论老少，都迈着小脚蹒跚而行。他们在小山上爬上爬下，小山上有整齐的稻田和舒适地依偎在竹林中的农舍。他们穿过破败的村庄和人口稠密的城市，保卫城市的城墙像弥撒书里描述的那样。初秋的阳光是宜人的，在黎明时分，当微光闪烁的晨曦给整洁的田野带来童话般的魅力时，空气还是寒冷的，这让后来的温暖变得非常令人感激。凯蒂心中充满了一种幸福感，她并不让自己抵抗这种幸福感。

这些具有优雅的色彩、出人意料的独特性和奇异性的生动场景，就像一张张挂毯，在它们前面，凯蒂想象中的幻影像一些神秘、朦胧的形状一样舞动着。这些场景看起来也完全不真实了。有着锯齿状城墙的湄潭府就像一部古老戏剧中放置在舞台上代表着一座城市的彩绘画布。修女们、瓦丁顿和爱他的满族女人都是戴着面具的奇幻人物；而其余的人，沿着蜿蜒的街道侧身而行的人和死去的人，都是无名的临时演员。当然，他们都有某种意义，但那是什么呢？就好像他们表演了一场仪式性的舞蹈，精致而古老，你知道那些复杂的仪轨对你来说有很重要的意义；然而你却完全看不出任何头绪。

凯蒂觉得不可思议——一位穿着蓝色衣服的老妇人正沿着堤道走过，阳光下的蓝色衣服看起来像天青石。她的脸上有无数的小皱纹，就像一张旧的象牙面具。她拄着一根长长的黑色拐杖，用小脚一瘸一拐地走着。凯蒂觉得她和沃尔特就像参加了一场奇异而不真实的舞蹈。他们也扮演了重要角色。她可能很容易就在其中丧命，但最后却是他失去了生命。这是个玩笑吗？也许这只是一个梦，她会突然从梦中醒来，大松了一口气。这似乎发生在很久以前，在一个遥远的地方。奇怪的是，在眼前现实生活的阳光背景下，那场舞蹈表演中的人物显得那么晦暗不明。现在，凯蒂觉得所有发生的事就像她正在读的一个故事，这个故事似乎与她关系不大，这有点令人吃惊。她发现，她已经无法清晰地回忆起瓦丁顿那张她本应该非常熟悉的脸了。

今天晚上，他们将到达西河上的城市，她将从那里乘船。从那里到香港只需一夜的路程。

70

起初，因为沃尔特去世时她没有哭，凯蒂感到羞愧。这似乎太冷酷无情了。而中国军官于上校的眼睛却被泪水打湿了。丈夫的死使她头晕目眩、很难理解，他再也不会走进平房了，她再也不会听到他早上起床时在浴缸里洗澡的声音了。他活过，但是现在已经死了。修女们对她所展现的基督徒的顺从感到惊讶，并钦佩她承受悲痛的勇气。但瓦丁顿很精明，尽管他深表同情，但她有一种感觉——她该怎么说呢——他的同情只是嘴上说说而已。当然，沃尔特的死对她来说是一个打击。她不想让他死。但毕竟她不爱他，她从来没有爱过他。但是表面的悲伤是应有之义，如果让任何人窥见了她的内心，都会认为那是丑陋和粗俗的。但她已经经历了太多，不能再自欺欺人。在她看来——至少在过去的几个星期里她学会了——如果有时对别人撒谎是必要的，那么对自己撒谎就总是卑鄙可耻的。沃尔特以那种悲惨的方式死去，她感到很难过，但她感到的是一种纯粹的人类的悲伤，如果那是某个熟人的话，她也会感到这种悲伤。她承认沃尔特有令人钦佩的品质，只是不幸的是她不喜欢他，他总是使她厌烦。她不承认他的死对她来说是一种解脱，如果她能用一句话让他复活，不论什么话她都会诚心诚意地说出来的，但她无法否认这样的感觉：他的死在某种程度上使她的生活变得轻松了一点。他们在一起永远不会幸福，但要分开却非常困难。她对自己的这种感觉感到吃惊，她认为如果人们知道了她有这样的感觉的话，他们会认为她残忍无情。所以，他们不能知道。她想知道她所有的朋友是否都在心里藏着可耻的秘密，他们会花时间来保护这些秘密，以防被好奇的目光窥见。

她对未来想得很少，也没有什么计划。她只知道她想在香港停留得尽可能短。她惊恐地期待着到达那里。在她看来，她似乎想永远坐在藤椅上，在这个微笑友好的国度里漫步。她永远是生活幻境的冷漠旁观者，每天晚上都在不同的屋檐下走过。但当然，近期必须面对的未来是：她到达香港后会去酒店，她会处理房子、出售家具；没有必要去见查理。他也会宽宏大量地避开她的。尽管如此，她还是想再次见到他，以便告诉他她认为他是一个多么卑鄙的人。

但是查理又有什么重要的呢？

就像竖琴所演奏的丰富旋律，在交响乐复杂的和声中欢快地回荡，一个念头在她心中不断跳动。正是这种想法赋予了稻田一种异国情调的美丽，使她苍白的嘴唇上绽放出一丝微笑。在赶去集镇的路上，一个皮肤光滑的小伙子在她身边转过身来，脸上洋溢着欣喜的神情，眼睛里流露出无畏的神色，这也给她所经过的城市带来了喧嚣生活的色彩。瘟疫之城是她逃出的一座监狱，她以前从不知道蔚蓝的天空有多美，也从不知道可爱优雅地倾斜在堤道上的竹林有多欢乐。自由！这就是在她心中歌唱的念头，即使未来如此暗淡，它仍然像晨光照耀下河面上的薄雾一样闪闪发光。自由！她不仅摆脱了让她苦恼的束缚，也摆脱了让她沮丧的友谊；自由，不仅从死亡的威胁中解脱出来，也从堕落的爱中解脱出来。摆脱一切精神联系的自由，脱离实体精神的自由，带着自由、勇气和无忧无虑，她在未来面前无所畏惧。

71

当船停靠在香港时，凯蒂站在甲板上，看着河面上五颜六色、欢快活泼的船来舟往。她走进船舱，看到阿妈已经把所有东西都收拾好了。她对着镜子看了自己一眼。她穿着黑色的衣服，是修女们为她染的这件衣服，但她并没有服丧。她突然想到，她必须做的第一件事就是注意这件事。她不得不养成悲伤的习惯，来有效地掩饰那些意料之外的感情。有人敲了敲她的舱门。阿妈打开了门。

“费恩太太。”

凯蒂转过身来，看到一张脸，她一下子没认出来。然后，她的心脏突然快速跳动，一下子脸红了。是多萝西·汤森德。凯蒂几乎没想到会见到她，她既不知道该做什么，也不知道该说什么。但是汤森德太太走进船舱，一把把凯蒂抱在怀里。

“哦，亲爱的，亲爱的，我为你感到非常遗憾。”

凯蒂任由别人亲吻自己。一个她一直认为冷淡而疏远的女人所表现出来的这种热情让凯蒂有点惊讶。

“你真好。”凯蒂喃喃地说。

“到甲板上来。阿妈会照看你的东西的，我的仆人们也会帮忙的。”

她拉着凯蒂的手，凯蒂听任别人牵着她。她注意到汤森德太太那善良、饱经风霜的脸上流露出一种真正关切的表情。

“你的船到早了，我差点没及时赶到港口。”汤森德太太说，“如果我错过了你，我会受不了的。”

“可是你不会是来接我的吧？”凯蒂大声说。

“当然是来接你的。”

“但是你怎么知道我回来了呢？”

“瓦丁顿先生给我发了一封电报。”

凯蒂转过身去。她哽咽了。有趣的是，一点意想不到的善意竟然会如此影响她。她不想哭，她希望多萝西·汤森德能走开。但是多萝西握起凯蒂的手，按了按。这个害羞的女人竟然如此直接地表达感情，这使凯蒂很尴尬。

“我要你帮我一个大忙。查理和我希望你在香港逗留期间和我们住在一起。”

凯蒂一把抽回她的手。

“你真是太好了。但我不可能麻烦你们的。”

“但是你必须来。你不能一个人住在你们的房子里。那对你来说太可怕了。我已经准备好了一切。你会有自己的起居室。如果你不愿意和我们一起吃饭，你可以在那里吃饭。我们都想你能来。”

“我没有想到要去你们那里。我打算在香港酒店给自己找个房间。我不可能给你添这么多麻烦的。”

汤森德太太的建议使她大吃一惊。她感到困惑和恼怒。如果查理还有点良心的话，他决不会让他的妻子发出这样的邀请。她不想对他们任何一方负有义务。

“哦，但是我不忍心让你住在酒店里。你现在会讨厌香港酒店的。那里到处都是人，乐队一直在演奏爵士乐。请告诉我你会来的。我向你保证，查理和我都不会打扰你的。”

“我不明白你为什么对我这么好。”凯蒂有点找不到借口了，她无法让自己直截了当地说不，“对陌生人来说，恐怕我现在不是一个好相处的同伴。”

“但是我们对你来说是陌生人吗？哦，我可不想跟你成了陌生人，我真的希望你允许我成为你的朋友。”多萝西紧握着她的手，她的声音——她冷静、深思熟虑和高贵的声音——因泪水而颤抖起来：“我非常希望你能来。你看，我想补偿你。”

凯蒂不明白。她不知道查理的妻子会欠了她什么。

“恐怕一开始的时候我不太喜欢你。我觉得你很前卫。你看，我很守旧，我想我不太能接受你。”

凯蒂匆匆瞥了她一眼。她的意思是，起初她认为凯蒂很粗俗。尽管凯蒂不让自己脸上有任何反应，但是她在心里笑了。她现在很在乎任何人对她的看法！

“当我听说你毫不犹豫地和你丈夫一起奔赴那个死亡之地时，我感到自己是个可怕的傻瓜。我觉得很丢脸。你真是太棒了，你太勇敢了，你让我们所有人看起来都是那么的小气、平庸。”眼泪从她善良、朴实的脸上流了下来，“我无法告诉你我有多钦佩你，有多尊敬你。我知道我无法弥补你的巨大损失，但我想让你知道我对你的感情有多深、有多真诚。如果你能允许我为你做点什么，那将是赋予我的一种特权。不要因为我误会了你而怨恨我。你是个英雄，而我只是一个愚蠢的女人。”

凯蒂低头看着甲板。她脸色苍白。她希望多萝西不要表现出这种无法控制的情绪。她被感动了，这是真的，但是她忍不住有一种轻微的不耐烦感，这个单纯的人竟然相信这样的谎言。

“如果你真的想让我去，我当然很乐意。”她叹了口气。

72

汤森德一家住在一所山顶豪宅，可以俯瞰宽阔的海景。查理通常不回来吃午饭，但在凯蒂到达的那天，多萝西（她们现在已经以“凯蒂”和“多萝西”互称了）告诉她，如果她想见到他，他也愿意来欢迎她。凯蒂想，既然她一定要见他，不妨马上就见。她带着冷酷的乐趣期待着她给他带来的尴尬。她很清楚地知道，邀请她住下完全是出于他妻子的想象，尽管他自己会有其他感觉，他还是立刻同意了。凯蒂知道，他总是渴望做正确的事情，而对她热情款待显然是非常正确的。但他们的最后一次谈话无法不令他觉得屈辱：对于查理这样一个虚荣的人来说，那一定像溃疡一样难受，无法治愈。她希望她伤害了他，就像他伤害了她一样。他现在一定恨她。她很高兴地认为她并不恨他，只是看不起他。想到无论他有什么感觉，他都必须重视她，这使她获得了一种嘲弄的满足感。那天下午她离开他的办公室时，他一定发自内心地希望再也不会见到她了。

现在，她和多萝西坐在一起，等着他进来。她觉得客厅里那种朴素的奢华令人愉快。她坐在扶手椅上，到处都是可爱的花朵，墙上挂着令人愉悦的图画，房间阴凉舒爽，很友好，很像家。她想起了传教士的平房里那间空空荡荡的客厅，不禁有点发抖，藤椅，铺着棉布的厨房餐桌，满是廉价小说的肮脏书架，还有那略带灰尘的红色小窗帘。哦，太不舒服了！她想多萝西应该是想象不出的那样的景象的。

他们听到汽车驶上来的声音，接着查理大步走进了房间。

“我来晚了吗？希望我没有让你久等。我必须去见总督，我实在分身乏术。”

他走到凯蒂跟前，握住她的双手。

“我非常非常高兴你能来这里。我知道多萝西已经告诉过你了，我们希望你愿意待多久就待多久，我们希望你把我们的家当作你自己的家。但我还想告诉你，如果有什么我能为你做的，我会非常高兴。”他的眼睛里流露出一种迷人的真诚的神情，她想知道他是否看到了她眼里的嘲讽。“我很不善言辞，我也不想看起来像个笨拙的傻瓜，但我想让你知道我对你丈夫的死有多么痛心，我对你有多么同情。他是一个非常好的小伙子，我们对他的怀念是无法表达的。”

“别这样，查理。”他的妻子说，“我相信凯蒂明白的。来，来点鸡尾酒。”

按照外国人在中国的奢侈习俗，两个穿着制服的男孩端着开胃小吃和鸡尾酒走进房间。凯蒂说她不喝酒了。

“哦，你一定要喝一杯。”查理以轻松、亲切的方式坚持说，“这对你有好处，而且我相信自从你离开香港后，你都没有喝过鸡尾酒。除非我错得离谱，否则我想你在湄潭府是买不到冰的。”

“你没弄错。”凯蒂说。

有那么一会儿，她脑海中浮现出一幅画面，那是一个乞丐，身上裹着蓝色的破布，头发凌乱不堪，从蓝色破布里能够看到瘦弱的四肢，他靠在院墙上，已经死去了。

73

他们开始吃午饭了。查理坐在桌子首席，轻松地控制了谈话。在最初几句同情的话之后，他对待凯蒂的态度就不像她刚刚经历了一场毁灭性的事件，而像是她在上海做了阑尾炎手术后到香港来换换口味。她需要振作起来，他就随时准备好让她振奋。让她感到宾至如归的最好办法是把她当作一家人来对待。他是个机智的人。他开始谈论秋季赛马会和马球——天啦，如果他再不减轻体重的话，他将不得不放弃打马球了——以及那天上午与总督的一次聊天。他谈到了他们在海军上将旗舰上参加的一个聚会、广州的局势以及与庐山的联系。几分钟后，凯蒂觉得仿佛她离开这里的时间不超过一个周末。令人难以置信的是，在那里，在六百英里外的乡村（从伦敦到爱丁堡的距离，不是吗？），男人、女人和孩子都像苍蝇一样死去。不久，她发现自己在问谁在马球比赛中折断了锁骨，这个太太回家了吗，那个太太在网球比赛中打球了吗。查理开了个小玩笑，她对他们笑了。多萝西带着一种淡淡的优越感（现在她的圈子里已经包括了凯蒂在内，因此凯蒂不再觉得有点冒犯性，而更像是一种团结的纽带），对周围的各种人轻轻地讽刺起来。凯蒂开始变得活跃起来。

“哎呀，她看起来已经好多了。”查理对妻子说，“她在午餐前脸色是那么苍白，我都吓了一跳，她现在双颊已经有些红润了。”

但是，当她参加谈话时，如果不能做到快乐（因为她觉得无论是多萝西还是查理，只要他们还有适当的礼仪感，都不会赞成凯蒂现在表现出快乐），她也会尽量保持充满兴趣的样子。

凯蒂观察着招待她的主人。在她幻想着向他复仇的那几个星期里，她在心里为他建构了一个非常生动的形象。他浓密的卷发有点太长了，梳得太仔细了，抹的油也太多了，从而来掩盖头发变白的事实。他的脸太红了，脸颊上满满地透出淡紫色的静脉网，下颚也太大了，当他不抬起头来遮掩的时候，你会看到他有一个双下巴。他那浓密灰白的眉毛里有一种类人猿的味道，使她隐隐感到厌恶。他动作笨重，他在饮食和运动上所做的一切都不能阻止他发胖。他的骨头已经被厚厚的脂肪覆盖，关节也有了中年人的僵硬感。他的漂亮衣服，对他来说有点紧了，也有点太年轻了。

但是，当他在午餐前走进客厅时，凯蒂大吃一惊（这也许就是她看起来苍白的原因），因为她发现自己的想象力跟她开了一个奇怪的玩笑——他一点也不像她想象的那样。她忍不住自嘲起来。他的头发一点也不花白，哦，太阳穴上有几根白发，但它们只是正在变白。他的脸不是红的，而是晒黑的颜色。他的头很好地安置在脖子上。他不胖，也不老，事实上，他几乎是苗条的，身材令人羡慕——如果他有点虚荣，你能怪他吗？他完全可能是个年轻人。当然，他很会穿衣服，否认这一点是荒谬的——他看上去整洁干净。究竟是什么让她这样那样地构想他呢？他是一个非常英俊的男人。幸运的是，她知道他一文不值。当然，她一直认为他的声音很有魅力，而且他的声音和她记忆中的一模一样——这使他说的每一个字里的错误都更加令人恼火，丰富的语调和温暖的声音现在带着虚伪在她耳边回荡着，她不知道自己怎么会被它所吸引。他的眼睛很美，这就是他的魅力所在，闪烁着如此柔和的蓝色光芒，甚至在他说话的时候，他的表情也是如此令人愉快，你几乎不可能不被那双眼睛触动。

最后，咖啡端了进来，查理点燃了他的雪茄。他看了看手表，从桌子旁站了起来。

“好吧，我必须让你们两位年轻的女士自娱自乐了。我需要回办公室了。”他顿了一下，然后用友好、迷人的眼睛看着凯蒂，对她说：“这两天我不会打扰你的，在你完全休息好之后，我想和你谈一些小小的正事。”

“跟我谈？”

“你知道的，我们必须安排一下你们的房子，然后还有家具。”

“哦，但我可以去找律师。我没有理由为此打扰你。”

“千万不要认为我会让你把钱浪费在法律上。我会处理好一切的。你知道你是有权领取一份抚恤金的。我要和总督大人谈谈这件事，看看通过在适当的时候进行报告，我们是否能为你争取到更多的东西。你安心把你的事情交给我吧。但现在还不用为任何事操心。我们现在要你做的就是恢复健康。对吧，多萝西？”

“那是当然。”

他向凯蒂点了点头，然后从他妻子的椅子旁走过，拉着她的手吻了吻。大多数英国男人亲吻女人的手时看起来都有点傻，但他做这件事做得很得体。

74

直到凯蒂在汤森德家真正安顿下来，她才发现自己其实非常疲惫。这种生活的舒适和不习惯的安逸打破了她一直以来生活的压力。她已经忘记了悠然自得是多么惬意，被美丽的事物包围是多么宁静，受到关注是多么令人愉快。她如释重负地叹了一口气，回到了奢华的东方。她以一种谨慎而有教养的方式成为人们同情的对象，这种感觉并不会令人不快。她的丧夫之痛是如此之近，以致别有无法邀她参加任何娱乐活动，但本地的贵妇人（总督夫人、海军上将和首席大法官的夫人）会前来与她喝一杯安静的茶。总督夫人说，总督非常渴望见到她，如果她能来总督府吃一顿非常安静的午餐（“当然不是聚会，只有我们自己和副官们！”），那太好了。这些女士对待凯蒂，就好像她是一件瓷器，既易碎又珍贵。她无法忽略她们已经把她看作一个小小的女英雄，她有足够的幽默感，来谦逊而谨慎地扮演这个角色。她有时希望瓦丁顿在那里，以他嘲讽的精明，他会看出这种情况的乐趣。当他们单独待在一起的时候，他们可能会一起好好以这些事情取乐。多萝西收到了瓦丁顿的一封信，他提到她在修道院里尽心尽力地工作，也提到了她的勇气和自制力。当然，他是在巧妙地跟她们开玩笑——那个龌龊的坏家伙。

75

凯蒂不知道是出于巧合的还是有意为之，她到汤森德家之后就从来没有和查理独处的机会。他一直绝顶机智。他对她仍然温和亲切、富有同情心。谁也想不到他们不只是熟人。但有一天下午，当她躺在房间外的沙发上看书时，他走过走廊，停了下来。

“你在读什么？”他问。

“一本书。”

她嘲讽地看着他。他笑了。

“多萝西去总督府参加一个花园聚会了。”

“我知道。你为什么不去呢？”

“我觉得我无法待在那儿，我想回来陪你。车在外面，你想开车环岛一圈兜兜风吗？”

“不用了，谢谢。”

他坐在她躺着的沙发上。

“自从你来这里以来，我们还没有机会单独谈谈。”

她带着冷淡的傲慢直视着他的眼睛。

“你觉得我们还有什么可说的？”

“太多了。”

她把脚稍微挪动了一下，以免碰到他。

“你还在生我的气吗？”他问道，嘴角挂着微笑，眼睛里柔情似水。

“一点也不。”她笑着说。

“如果你不生气了，我想你是不会笑的。”

“你错了。我太鄙视你了，以至于不会生你的气。”

他镇定自若。

“我觉得你对我的要求太高了。我们冷静地回头想想，你真的不认为我是对的吗？”

“从你的角度来看你是对的。”

“既然你认识多萝西，你得承认她相当不错吧？”

“当然。我将永远感激她对我的厚爱。”

“她真是千里挑一。如果我们的事情捅了出来，我就再也不会有片刻的安宁了。对她开这样的玩笑实在是太糟糕了。而且我还得考虑我的孩子们，对他们来说，这将是他们人生中一个可怕的污点。”

她凝视着他沉思了一会儿。她觉得自己完全可以掌控目前的局面。

“在我来这里的这一周里，我一直非常仔细地观察你。我的结论是你真的很喜欢多萝西。我怎么也想不到你居然能做到这一点。”

“我告诉过你我喜欢她。我不会做任何让她感到不安的事。她是男人能娶到的最好的妻子。”

“你从没想过你欠她一点忠诚吗？”

“眼睛看不见的地方，心就不会为之悲伤。”他笑着说。

她耸了耸肩。

“你真卑鄙。”

“我是人。我不知道为什么你会认为我是个无赖，就因为我深深地爱上了你。你知道，我并不是特别想那么做的。”

听到他那样说，她有点心烦意乱。

“我是公平的。”她怨恨地回答。

“当然，我无法预见我们会陷入如此艰难的境地。”

“不管怎样，你做了一个相当精明的决定，如果有人要为此受苦，那也不是你。”

“我觉得这话太重了。毕竟，现在一切都已经结束了，你必须承认我为我们俩都做了最好的决定。你当时已经失去理智了，你应该为我保持理智而高兴。如果我做了你想让我做的事，你认为会成功吗？我们已经是热锅上的蚂蚁了，但我们在火中的处境只会更糟。最后你也没有受到任何伤害。为什么我们不能亲吻彼此，继续做朋友呢？”

她几乎要笑了。

“你没法指望我会忘记，你把我送到那个必死之地，却没有一丝内疚？”

“噢，真是胡说八道！我告诉过你，只要你采取合理的预防措施，就没有风险。如果我没有完全确信这一点，你认为我会让你离开，哪怕一小会儿吗？”

“你之所以确信，是因为你想确信。你是那种只考虑对自己有益的事情的胆小鬼。”

“嗯，空谈不如实证。你看，你回来了，如果你不介意我说些令人讨厌的话的话，你回来以后比以前更漂亮了。”

“那沃尔特呢？”

忍不住想到了一个滑稽的回答，查理笑了。

“没有什么比黑色更适合你了。”

她盯着他看了一会儿。她泪水决堤，哭了起来。她美丽的脸因悲伤而扭曲了。她并不想把它掩藏起来，她仰面躺着，双手放在身体两侧。

“看在上帝的分儿上，别这样哭。我不是有意说不客气的话的。那只是个玩笑。你知道我对你的丧夫之痛有多么真诚的痛惜。”

“哦，闭上你的臭嘴。”

“如果能让沃尔特回来，我愿意付出任何代价。”

“他是因为你和我而死的。”

他握住她的手，但她把它从他手里抽走了。

“请你走开！”她抽泣着说，“这是你现在唯一能为我做的事。我讨厌和鄙视你。沃尔特比十个你加起来都好，而我是个大傻瓜，根本看不出来。走开！走开！”

她看到他又要讲话了，就跳起来走进了自己的房间。他跟着她，当他走进来时，出于本能的谨慎，拉上了百叶窗，使他们几乎陷入了黑暗之中。

“我不能这样抛下你不管，”他说着，用双臂搂住她，“你知道我不是故意伤害你的。”

“别碰我。看在上帝的分儿上，走吧！快走吧！”

她试图挣脱他，但他不让她走。她开始歇斯底里地哭起来。

“亲爱的，你难道不知道我一直爱着你吗？”他用深沉迷人的声音说，“我比以往任何时候都爱你。”

“你怎么还能说出这样的谎话！让我走。该死的，放开我！”

“不要对我这样，凯蒂。我知道我对你很残忍，但请原谅我。”

她颤抖着，抽泣着，挣扎着要离开他，但他手臂的压力让她感到奇怪的安慰。她如此渴望能再次感受到他的手臂环绕着她，哪怕只有一次，她也会全身颤抖。她感到非常虚弱。她的骨头似乎在融化，她对沃尔特的悲伤变成了对自己的怜悯。

“哦，你怎么能对我这么坏？”她抽泣着说，“难道你不知道我全心全意地爱着你吗。从来没有人像我爱你那样爱过你。”

“亲爱的。”他开始吻她。

“不，不。”她喊道。

他靠向她的脸，但她把脸转开了，他又靠向她的嘴唇。她不知道他在说什么，那是些断断续续的、充满激情的爱的话语。他的双臂紧紧地搂着她，使她感觉自己像一个迷路的孩子，现在终于安全到家了。她轻轻地呻吟着，双眼紧闭，满脸泪水。然后，他吻到了她的嘴唇，嘴唇上的压力像上帝的火焰一样穿透了她的身体。那是一阵狂喜的火焰，她被烧成了灰烬，她光芒万丈，仿佛变了形。在她的梦中，在她的梦中，她感受过这种狂喜。他现在和她在干什么啊？她不知道。她不是一个女人，她的个性已经被消解了，她只是一种欲望。他把她抱起来，她在他的怀里很轻。他抱着她，她紧紧地抓着他，充满绝望和爱慕。她的头枕在枕头上，他的嘴唇紧贴着她的嘴唇。

76

凯蒂坐在床边，双手捂住脸。

“你想要喝点水吗？”

她摇了摇头。查理走到洗漱台前，把刷牙杯倒满了水，递给了她。

“来吧，喝点水，你会感觉好些的。”

他把杯子放在她嘴边，她喝了一口水。然后，她用惊恐的眼神盯着他。他站在她身旁，低头看着她，眼中闪烁着自我满足的光芒。

“嗯，你现在还认为我像你所说的一样，是一条肮脏的狗吗？”他问道。

她低下头。

“是的。但我知道我一点也不比你强。哦，我真是无地自容。”

“嗯，我觉得你太忘恩负义了。”

“你现在能走了吗？”

“说实话，我想是时候了。多萝西回家之前，我需要去收拾一下。”

他快步走出了房间。

凯蒂还是一动不动地坐在床边，就那么坐了一会儿，像个傻瓜似的弯腰驼背地坐着。她的头脑一片空白，浑身发抖。她摇摇晃晃地站起来，走向梳妆台，坐到椅子上。她凝视着镜子里的自己。她的眼睛因泪水而肿胀，脸上的妆也斑驳不堪，脸颊上还被查理弄出一个红色的斑点。她惊恐地看着自己，看着同样的一张脸。她原本期望堕落不会为她带来什么样的改变。

“猪，”她朝着镜子里的自己的怒吼，“猪！”

然后，她把脸靠在胳膊上，痛哭起来。可耻，可耻！她不知道究竟发生了什么事。太可怕了。她恨他，也恨自己。那居然是一种狂喜。哦，多么可憎！她再也不能见他了。他的所作所为都有了正当的理由。他不娶她是对的，因为她一文不值，她不过是个妓女。哦，更糟的是，那些可怜的女人是为了面包而牺牲了自己。多萝西把悲伤和凄凉中的她带进了这座房子！她的肩膀因哭泣而颤抖。现在所有这一切都没有了意义。她觉得自己变了，她认为自己很坚强，她认为自己回到香港的时候必定是一个能掌控自己的女人。新的想法像阳光下的黄色小蝴蝶一样在她心中飞舞，她希望将来会变得更好。自由像一种光明的精神在召唤着她，世界像一片广阔的平原，她可以昂首挺胸地步行穿过。她认为自己已经从欲望和卑鄙的激情中解脱出来，可以自由地过着纯洁健康的精神生活。她把自己想象成黄昏时分在稻田里悠闲飞翔的白鹭，它们就像一个内心安宁的人的高远的思想。她只是个奴隶。软弱，软弱！已经没有希望了，尝试也没有好处，她就是个荡妇。

她不愿去吃饭。她让男仆告诉多萝西她头痛，宁愿待在房间里。多萝西走了进来，看到她红肿的眼睛，用温柔、同情的方式跟她闲聊了一会儿琐事。凯蒂知道多萝西以为她是因为沃尔特而哭的，她像一位善良而慈爱的妻子一样同情她，尊重那发自肺腑的悲伤。

“我知道这很难，亲爱的，”她离开时对凯蒂说，“但你必须尝试勇敢起来。我相信你亲爱的丈夫不会希望你如此为他伤心的。”

77

但第二天早上，凯蒂起得很早，给多萝西留了一张便条，说她为了处理一些事情出去了，然后坐电车下了山。穿过汽车、人力车和轿子塞满的拥挤街道，她来到航运公司。两天后，有一艘船会起航，那是最近第一艘驶出港口的船，她下定决心无论如何都要登上那艘船。当店员告诉她每个铺位都已被预订时，她要求见总代理。她把她的名字告诉了店员，她之前见过的那个代理人出来把她带到他的办公室。他知道她的情况，当她告诉他她希望什么时，他派人去拿来了乘客名单。他皱着眉头地看着它。

“我恳请你，在你能力范围内为我想想办法。”她催促他。

“我认为这里没有人会不愿意为你效劳，费恩太太。”他回答道。

他派人请了一名办事员来询问。然后他点了点头。

“我要调换一两个人。我知道你想回家，我想我们应该为你尽力而为。我可以给你安排一间单独的船舱。我想你会喜欢的。”

她感谢了他。她带着一颗欢欣鼓舞的心离开了航运公司。离开，这是她唯一的想法。离开！她给父亲发了一封电报，告诉他她很快就会回去了。她已经打电报告诉了他沃尔特的死讯。然后她回到汤森德家，告诉了多萝西她的计划。

“你走了之后，我们会非常难过的，”这位善良的女人说，“但我知道你更想和你的父母在一起。”

自从凯蒂回到香港后，她每天都在犹豫要不要回他们自己的住宅。她害怕再次走进去，面对着昔日的回忆。但现在她别无选择。查理已经安排好了家具出售的相关事宜，他发现有一个人很想租下来，但是那所房子里还有她和沃尔特的衣物，因为他们几乎什么也没有带去湄潭府，房子里还有书、照片和各种各样的零碎东西。凯蒂对一切都漠不关心，只是急于将自己与过去完全切断，她知道，如果她让这些东西与其他东西一起送上拍卖会，会激怒这里所有敏感的神经。它们必须都被打包起来，并随她一起走。所以在午餐之后，她准备回到自己的房子。多萝西急切地想帮助她，所以主动提出陪她回去，但凯蒂请求允许她一个人去。她同意多萝西的两个儿子来帮忙收拾行李。

这所房子由男仆领班负责看管打理，他给凯蒂开了门。有趣的是，走进她自己的房子，凯蒂觉得她像是一个陌生人。房间干净整洁。所有东西都在它们的位置上，时刻准备好为她所用。尽管天气温暖，阳光明媚，寂静的房间里却有一种寒冷而凄凉的空气。家具摆得很古板僵硬，都是在它们应该放在的地方，应该放花的花瓶也放在它们的位置上。一本她不记得什么时候扣着放下的书，依然扣着放在那里。就好像这房子在一分钟前才变得空无一人，但那一分钟充满了永恒，你很难想象这座房子会再次回荡在谈话和笑声中。在钢琴上，打开的狐步舞曲曲谱似乎等待着被演奏，但你有一种感觉，如果你敲击琴键，也不会有声音。沃尔特的房间和他在时一样整洁。抽屉的柜子上有两张凯蒂的大照片，一张是她穿着引荐会的礼服，一张是她穿着婚纱。

但是男仆们从存放箱子的储藏室里拿出了箱子，她站在旁边看着他们打包。他们收拾得又整齐又迅速。凯蒂想，一切都可以在两天里收拾停当。她不能让自己思考，她没有时间思考。突然，她听到身后有脚步声，转身看见了查理。她突然感到一阵心寒。

“你来做什么？”她说。

“我能跟你在起居室待一会儿吗？我有话要对你说。”

“我很忙。”

“我只需要五分钟。”

她没有再说什么，只是对男仆们交代了一下，让他们继续收拾整理，然后领着查理进了隔壁房间。她没有坐下，是为了向他表明她希望他不要耽误她太久。她知道自己脸色苍白，心跳加速，但她冷冷地面对他，目光充满敌意。

“你想干什么？”

“我刚从多萝西那里听说你后天要走。她告诉我你回来这儿收拾行李，她给我打了电话，让我来看看我能为你做些什么。”

“我很感谢你，但我一个人可以应付得来。”

“我知道。我不是来问你这个的。我是想问，你突然离开是不是因为昨天发生的事。”

“你和多萝西对我很好。我不希望你们认为我在利用你们的善良天性。”

“这不是一个非常直截了当的回答。”

“这跟你有什么关系吗？”

“这很重要。我不想看起来是我做的任何事把你赶走了。”

她站在桌子旁，低着头。她的目光落在画报上。已经几个月过去了。这就是沃尔特在那个可怕的夜晚一直盯着的那张报纸，当时——沃尔特现在已经……她抬起了眼睛。

“我觉得自己完全堕落了。现在你都做不到像我鄙视自己一样鄙视我。”

“但我并不鄙视你。我昨天说的每一句话都是认真的。像这样逃跑有什么好处呢？我不明白为什么我们不能成为好朋友。我讨厌你认为我对你不好。”

“你为什么不能让我一个人待着呢？”

“见鬼，我又不是棍子或者石头。你看待所有这些事情的角度都太不合理了，太病态了。我还想着昨天之后你对我会更友善一点。毕竟，我们只是凡人。”

“我觉得自己不是人。我觉得自己像个动物，猪、兔子或者狗。哦，我不怪你，我也一样坏。我向你屈服是因为我想要你。

但那不是真正的我。我不是那个可恶的、兽性的、淫荡的女人。我和她断绝了关系。她的丈夫躺在冰冷的坟墓里、而她躺在床上为你喘息的那个女人已经不是我了。你妻子对我那么好，难以形容的好。昨天的她只是我内心的野兽，黑暗而可怕，像一个邪恶的灵魂，我不承认它，憎恨它，鄙视它。从那以后，当我想到它的时候，我的胃就开始发胀，我觉得我就要吐了。”

他皱了皱眉头，不安地窃笑了一下。

“嗯，我是相当大度的人，但有时你说的话还是会让我大吃一惊。”

“那我真是抱歉。你最好现在就走。对我来说，你已经是个微不足道的男人了，我真傻，竟然还跟你这么认真地说话。”

他沉默了一会儿，从他蓝眼睛的阴影中可以看出他在生她的气。当他最终以他惯常的机智和礼貌为她送行的时候，他一定会大松一口气的。当他们握手时，他会祝她旅途愉快，她会对他的款待表示感谢，想到这种礼貌时，她就觉得好笑。但她看到他的表情变了。

“多萝西告诉我你要生孩子了。”他说。

她感到自己脸红了，但她仍然一动不动。

“是的。”

“我可能是孩子的父亲吗？”

“不，不，是沃尔特的孩子。”

她用了特别强调的语气，这是她没有预料到的，但即使在她说话的时候，她也知道这不是能够表达确信的语气。

“你确定吗？”他现在顽皮地笑了，“毕竟，你和沃尔特已经结婚几年了，什么都没发生。日期似乎也对得上。我想孩子更有可能是我的，而不是沃尔特的。”

“我宁愿自杀也不会生下你的孩子。”

“噢，得了吧，你就是在胡说八道。我会非常高兴和自豪的。我希望那是个女孩，你知道。我和多萝西生的都是男孩。你很快就能确定了，你知道的，我的三个孩子都像是跟我一个模子刻出来的。”

他又恢复了他的好心情，她知道为什么。如果这孩子是他的，尽管她可能再也不见他，但她永远也无法摆脱他。他对她的控制力会越来越大，他仍然会——隐晦地但肯定地——影响她生命里的每一天。

她说：“你真是我在这场厄运里遇到过的最虚荣、最愚蠢的混蛋。”

78

当船驶入马赛港时，凯蒂看着阳光下闪闪发光的有着崎岖美丽轮廓的海岸，突然看到圣玛丽主教堂上的圣母金像，这是海上水手安全的象征。她记得湄潭府修道院的修女们讲述的在永远离开自己的土地时，当人影消失在远处时，圣母金像也慢慢变成蓝天上的一束金色的小火焰时，她们跪下来，她们祈祷着减轻分离的痛苦。凯蒂现在也紧握双手，向那她所不知道的力量进行祈求。

在漫长而宁静的旅途中，她不停地想起发生在她身上的那些可怕的事情。她无法理解自己。这太出乎意料了。是什么抓住了她，使她轻视沃尔特，全心全意地轻视他，热情地屈服于查理肮脏的拥抱？她怒不可遏，对自己的厌恶使她心神不宁。她觉得她永远也忘不了自己的屈辱。她哭了。但随着离香港越来越远，她发现自己不知不觉地失去了怨恨的动力。那些事情似乎都发生在另一个世界。她就像一个突然发疯的人，对自己在意识不清时所做的那些印象模糊的怪事感到痛苦和羞耻。但因为她知道那个时候的自己已经不是自己了，所以她觉得，至少她是可以暂时放纵的。凯蒂想，也许一颗大度的心会同情她，而不是谴责她。但当她想到自己的自信心已经被粉碎时，她叹了口气。这条路在她面前似乎是笔直而轻松的，但现在她看到的却是一条蜿蜒曲折的路，陷阱在等着她。广阔无边的天地和印度洋悲壮美丽的日落让她得到了休息。她好像要被带到某个国家，在那里她可以自由地拥有自己的灵魂。如果她只能以一场激烈的冲突为代价重新获得自尊，那么，她必须找到勇气去面对它。

未来会是孤独而艰难的。在塞得港，凯蒂收到了母亲给她的电报回信。这是一封用又大又奇特的字体写就的长信，那是她母亲年轻时候在年轻女性中流行的字体。它的华丽是如此的整洁，给人一种虚伪的印象。加斯汀夫人对沃尔特的死表示遗憾，并对女儿的悲痛表示同情。她担心凯蒂得不到足够的赡养，但香港政府自然会给她一笔养老金的。她很高兴知道凯蒂要回英国了，当然她必须回来和她的父母住在一起，直到她的孩子出生。接下来信的内容是凯蒂一定要遵守的某些指示，以及她妹妹多丽丝分娩的各种细节。那个小男孩的体重越来越重了，他的祖父说他从未见过比他还漂亮的孩子。多丽丝又怀孕了，他们希望再生一个男孩，以便确保男爵爵位的继承。

凯蒂看出这封信的重点在于要为聚会的邀请确定日期。加斯汀夫人不想在简朴的情况下负担一个丧偶的女儿的生活。奇怪的是，当她回忆起母亲当初是多么看重她、现在又对她多么失望的时候，她发现母亲只是一个讨厌的人。父母和孩子之间的关系是多么奇怪啊！当他们小的时候，父母溺爱他们，每一个孩子的疾病都会让父母经历恐惧和痛苦，孩子们也用爱和崇拜紧紧地依恋着父母；几年过去了，孩子们长大了，非亲非故的人对他们的幸福而言变得更加重要，而不再是父亲或母亲。冷漠取代了过去盲目和本能的爱。父母和子女的会面会变得令人厌烦和恼怒。在过去，一个月的分离也会让他们心烦意乱，但现在，已经可以平静地期待着多年的分离了。她的母亲不必担心，只要有可能，她就会自己建立一个家的。但她必须有一点时间，现在一切都很模糊，她无法对未来做出任何预测。也许她会死于分娩，这也是解决许多困难的办法。

但当船最终停靠在码头时，又有两封信被交给了她。她惊讶地认出了父亲的来信，她不记得他曾经给她写过信。他并不是个热情的人。信的开头是“亲爱的凯蒂”。他告诉她，是他在写信而不是她母亲，因为她母亲身体不好，不得不去疗养院做手术。但是凯蒂不必担心害怕，她可以坚持在海上转转再回家的想法。从陆路上走要贵得多，而且因为母亲不在，凯蒂待在哈灵顿花园的房子里也会很不方便。另一封信是多丽丝写的，信的开头是“凯蒂，亲爱的”，不是因为多丽丝对她有什么特别的感情，而是因为这是多丽丝称呼她认识的每一个人的方式。

亲爱的凯蒂：

我想父亲已经写信给你了。母亲得动手术了。看起来她去年身体就不好了，但你知道她讨厌看医生，只是一直在服用各种成药。我不太清楚她到底是怎么了，但她坚持要把整件事保密，如果你问她问题，她会勃然大怒。她看起来很糟糕，如果我是你，我想我会在马赛下船，然后尽快回来。但别让人知道是我叫你回来的，因为她假装她没什么事，她不想让你在她手术完回家之前到这里来。她已经让医生们答应她一周后出院了。

沃尔特的事我非常遗憾。你一定熬过了一段可怕的日子。可怜的宝贝，我非常想见你。我们俩一起生孩子真是太有趣了，到时候我们可以握着对方的手。

最爱你的多丽丝

凯蒂陷入沉思，在甲板上站了一会儿。她无法想象她母亲病了。除了积极果断，她不记得对母亲还有另外的一面；她总是对别人的病不耐烦。然后一个乘务员拿着一封电报走到她跟前。

非常遗憾地通知你，你母亲今天早上去世了。

父亲

79

凯蒂按了按哈灵顿花园房子的门铃。开门的仆人告诉她父亲在书房里，走到书房门口，她轻轻地打开了门，他正坐在火炉旁阅读最新的一期晚报。她进来时，他抬起头来，放下报纸，一下子弹了起来。

“哦，凯蒂，我以为你会坐晚一点的火车回来。”

“我想你不可能想来接我，所以我没有电报告诉你我预计到达的时间。”

他用她记忆中的方式吻了吻她的脸颊。

“我只是在看报纸。”他说，“我已经两天没看报纸了。”

她看得出来，他认为自己需要解释一下为什么他已经在过正常生活了。

“当然。”她说，“你一定累坏了，恐怕母亲的去世对你来说是一个很大的打击。”

他比她上次见到他的时候更老更瘦了。他成了一个身材矮小、满脸皱纹、干巴巴的男人，举止依然一丝不苟。

“那位医生说已经没有任何希望了。她身体不好已经一年多了，但她拒绝看医生。医生告诉我，她一定一直处于疼痛之中，他说她能忍受那样的疼痛真是个奇迹。”

“她从来没有抱怨过吗？”

“她说她身体不太好。但她从不抱怨疼痛。”他顿了一下，看着凯蒂，“一路赶回来你很累吧？”

“也还好。”

“你想上去看看她吗？”

“她在这儿吗？”

“是的，他们把她从疗养院带到这里的。”

“是的，我现在就去。”

“你要我跟你一起去吗？”

她父亲的语气中有某种东西，令她很快地看了他一眼。他的脸微微转向了另一边，他不想让她看到自己的眼睛。凯蒂最近在理解别人的想法方面获得了非凡的能力。毕竟，一天又一天，她用自己所有的心智，从一句随便的话或一个毫无防备的手势中，揣摩她丈夫隐藏的思想。她立刻猜到她父亲想对她隐瞒什么。他感到了解脱，一种无限的解脱，但他对自己的感受感到害怕。三十年来，他一直是一个忠心耿耿的好丈夫，从来没有说过一句反对妻子的话，现在他应该为她悲伤。他总是做别人期望他做的事。如果他眨一下眼，或者透露出在这种情况下他没有丧偶的丈夫应有的感觉，那么他会为自己感到震惊的。

“不，我想自己上去。”凯蒂说。

她上了楼，走进了她母亲多年来一直睡的那间又大又冷、装腔作势的卧室。她清楚地记得那些巨大的红木家具和装饰墙壁的模仿马库斯·斯通风格的雕刻品。梳妆台上的东西摆放得非常精确，这是加斯汀太太一生所坚持的。如果花摆的位置不合适，加斯汀太太也会认为在卧室里放花是愚蠢、矫揉造作和不健康的。花的香味无法掩盖母亲房间那股就像刚洗过的亚麻布那样辛辣发霉的气味，这是凯蒂记忆里母亲房间的味道。

加斯汀太太躺在床上，双手交叉放在胸前，她一辈子都无法忍受这么温顺的样子。她五官锐利，面颊因痛苦而凹陷，太阳穴也凹陷了，看上去很端庄，甚至气派。死亡夺走了她的脸上的卑鄙，只留下了一种性格的印象。她看起来像是罗马皇后。让凯蒂感到奇怪的是，在她所见到的死者中，这是唯一一个在死亡时似乎保持着一种神态的人，仿佛这副尘土造出的躯壳曾经是灵魂的居所。她无法感受到悲伤，因为母亲和她自己之间有太多痛苦的回忆，在她心里没有留下任何深情的感觉。这个回首过去的女孩，她知道是她的母亲造就了她。但是，当她看着那个冷酷、专横、野心勃勃的女人一动不动地躺在那里，一言不发，一生中所有的小目标都被死亡挫败了，她意识到了一种模糊的悲情。母亲一生都在谋划和钩心斗角，除了卑鄙和不值得的东西，她从来没有想要过别的东西。凯蒂想知道，如果在别的空间里回看自己的人生轨迹，母亲会不会感到震惊呢。

多丽丝走了进来。

“我估计你会坐这趟火车来的。我觉得我必须来看看。这不是太可怕了吗？可怜的亲爱的妈妈。”

她泪流满面，扑到凯蒂的怀里。凯蒂吻了她。她知道她母亲曾经是如何忽视多丽丝而偏袒她，也知道母亲对多丽丝是如何苛刻，只是因为多丽丝的平淡无奇。她想知道多丽丝是否真的感受到了她表现出来的极度悲伤。但多丽丝一直很情绪化。她也希望自己能哭，不然多丽丝会觉得她过于冷酷无情。但凯蒂实在经历得太多了，没有办法假装表现出她没有感受到的痛苦。

“你想下去看看父亲吗？”她问多丽丝，这时多丽丝的情绪已经平复了一些。

多丽丝擦了擦眼睛。凯蒂注意到多丽丝的大肚子已经模糊了她其他的特征，她穿着黑色连衣裙，显得粗俗而臃肿。

“不，我想我不去了。我只会再次哭泣。可怜的老家伙，他承受了这一切，他做得很好。”

凯蒂领着妹妹走出家门，然后回到父亲身边。他站在火炉前，报纸叠得整整齐齐。他想让她知道他没有再看过报纸了。

“我还没换上吃晚餐的衣服，”他说，“我想也没有必要了。”

80

他们一起用了晚餐。加斯汀先生向凯蒂详细说明了他妻子的病情和死亡情况，并向她转达了朋友们的好意（桌上有成堆的慰问信，当考虑到回信的负担时，他叹了口气）以及他为葬礼所做的安排。然后他们回到他的书房。这是整所房子里唯一一个有壁炉的房间。他机械地从壁炉架上拿起了烟斗，开始往里塞烟丝，但他犹豫地看了女儿一眼，然后把烟斗放了下来。

“你不打算抽烟吗？”她问。

“你妈妈不太喜欢在饭后闻到烟斗的味道，自从战争以后，我就不再抽雪茄了。”

他的回答使凯蒂有点难受。一个六十岁的人在自己的书房里抽他想抽的烟时犹豫不决，这似乎很可怕。

“我倒是喜欢烟斗的味道。”她笑着说。

父亲的脸上掠过一丝宽慰的神色，他又拿起烟斗，点燃了烟丝。他们在火的两边相对地坐着。他觉得他必须和凯蒂谈谈她自己的烦恼。

“我想你是在塞得港收到你母亲写给你的信的。可怜的沃尔特去世的消息对我们俩都是巨大的打击。我认为他是个很好的人。”

凯蒂不知道说什么好。

“你妈妈告诉我你要生孩子了。”

“是的。”

“你预计什么时候生？”

“大约四个月后。”

“这对你来讲会是一个极大的安慰。你必须去看看多丽丝的儿子。他是个很好的小家伙。”

他们说话时的距离比刚认识的陌生人还要远得多，因为如果他们是陌生人，他会因此而对她感兴趣，而且很好奇，但他们共同的过去是他们之间一道冷漠的高墙。凯蒂非常清楚，她没有做任何事情来博取父亲的爱，他说话在家里从来没有算数过，而且被认为是理所当然的，因为他不能为家人提供更多的奢侈品，所以他有点被鄙视。但她想当然地认为，他还是会爱她，因为他是她的父亲，所以当她发现他心中对她毫无感情时，她感到震惊。她知道她们都对他感到厌烦，但她从来没有想到他对她们也同样感到厌烦。他一如既往地善良和谦逊，但她在痛苦中学会的悲哀的洞察力向她表明，尽管他可能从来没有对自己承认过这一点，也永远不会承认这一点，但在他的心里，他不喜欢她。

他的烟斗抽不出来烟了，他站起来想找点东西戳一下。也许这是一个掩饰他紧张的借口。

“你母亲希望你待在这里直到你的孩子出生，她原本打算为你收拾好你的旧房间。”

“我知道。我向你保证，我不会给你添麻烦的。”

“哦，不是那样的。在这种情况下，很明显，你唯一能来的地方就是自己父亲的家了。但事实上，我刚刚得到巴哈马首席大法官的职位，而且我已经接受了。”

“噢，爸爸，我真替你高兴。我衷心祝贺你。”

“这个任命来得太晚了，我无法告诉你可怜的母亲了。这会让她非常满意的。”

这就是命运的苦涩讽刺！在经历了所有的努力、阴谋和屈辱之后，加斯汀夫人去世了，她不知道自己的雄心壮志——尽管过去的失望改变了她的雄心壮志——最终实现了。

“我下个月初启程。当然，这所房子会交给经纪人，我的想法是把家具卖掉。很抱歉，我不能让你住在这里，但是如果你想要任何家具来装饰一套新公寓的话，我将非常乐意把它送给你。”

凯蒂看着壁炉里的火。她的心跳得很快，奇怪的是，她突然变得如此紧张。但是最后她还是强迫自己开了口。她的声音有点颤抖。

“爸爸，我不能和你一起去吗？”

“你？哦，我亲爱的凯蒂。”他的脸耷拉了下来。她经常听到这个表达，一直认为它只是一个短语，现在她有生以来第一次看到了它所描述的动作。这是如此明显，使她大吃一惊。“但是你所有的朋友都在这里，多丽丝也在这里。我本以为如果你在伦敦租住一套公寓，你会开心得多。我不知道你的情况如何，但我很乐意帮你付房租。”

“我有足够的钱生活。”

“我要去一个陌生的地方。我对那里的情况一无所知。”

“我已经习惯了陌生的地方。伦敦对我来说已经不再意味着什么了。我在这里简直无法呼吸。”

他闭上了眼睛，她以为他要哭了。他的脸上流露出极度痛苦的表情。这使她心痛。她是对的，妻子的去世使他如释重负，现在这个任命给了他与过去彻底决裂的机会和自由。他看到一种新的生活在他面前展开，经过这么多年的闲适和幸福的海市蜃楼之后，终于要开始了。她隐约看到了三十年来折磨他心智的一切痛苦。最后他睁开了眼睛。他无法阻止自己的叹息。

“当然了，如果你想来，我会很高兴的。”

真可怜。经过那么短暂的斗争，他就已经屈服于他的责任感。说完这几句话，他放弃了所有的希望。她从椅子上站起来，跪在他跟前，抓住了他的手。

“不，爸爸，除非你想要我去，否则我不会去的。你已经牺牲得够多了。如果你想一个人去，就去吧。不用挂念我。”

他松开了一只被她抓住的手，抚摸着她美丽的头发。

“我当然想要你来，亲爱的。毕竟，我是你父亲，你是一个寡妇，孤苦伶仃的。如果你想和我在一起，我要是不想你来，那就太刻薄了。”

“但就是这个——我不是在用，我是你的女儿，来向你提出要求，你什么都不欠我的。”

“噢，我亲爱的孩子。”

“什么都不欠。”她认真地重复道，“当我想到我们一辈子都在依靠你，却没有给你任何回报时，哪怕一点感情都没有，我的心都凉了。我害怕你不能获得幸福的生活。难道你不能让我试着弥补一下我过去没有做过的事吗？”

他皱了皱眉头。她的情绪使他有些不知所措。

“我不明白你的意思。我从来没有抱怨过你。”

“哦，父亲，我经历了太多太多不幸的事情。我已经不再是离开这里时的凯蒂了。我依然非常软弱，但我认为我已经不是那个肮脏的无赖了。你不能给我一个机会吗？现在世界上除了你我一个亲人也没有了。你让我试着让你爱我好吗？哦，父亲，我是多么孤独和痛苦啊！我非常想要你的爱。”

她把脸埋在他的膝上，撕心裂肺地哭了起来。

“哦，我的凯蒂，我的凯蒂。”他喃喃地说。

她抬起头来，用双臂搂住他的脖子。

“噢，父亲，对我仁慈一点。让我们都对对方好一点吧。”

他亲吻了她，像情人一样吻了吻她的嘴唇，他的脸颊被泪水打湿了。

“你当然要跟我一起去。”

“你要我一起去吗？你真的想让我这么做吗？”

“是的。”

“我非常感激你。”

“噢，亲爱的，别说这样的话。这让我觉得很尴尬。”

他掏出手帕擦干了她的眼泪。他笑的样子是她以前从未见过的。她又一次用双臂搂住他的脖子。

“亲爱的爸爸，我们会有一个快乐的生活的。你不知道我们在一起会有什么样的乐趣。”

“你可别忘了你要生孩子了。”

“我很高兴她能在大海的声音和广阔的蓝天下出生。”

“你已经认定会生女孩了吗？”他喃喃地说，脸上带着淡淡的、干巴巴的微笑。

“我想要一个女孩，因为我想亲自抚养她长大，这样她就不会犯我犯过的错误。当我回看我曾经的样子时，我恨我自己。但我已经没有机会从头再来了。我要把我的女儿抚养成人，这样她是自由的，是独立的。我不会把一个孩子带到这个世界上来，爱她，抚养她，而最后只是为了让某个男人愿意和她睡觉、愿意为她提供一辈子的食宿。”

她感到父亲的身体僵硬了。他从来没有听说过这样的话，从女儿的嘴里听到这些话使他感到震惊。

“让我坦率一次吧，父亲。我一直是个愚蠢、邪恶、可恨的人。我受到了极大的惩罚。我决心把我女儿从这一切中解救出来。我希望她无所畏惧，真挚坦诚。我希望她成为一个独立于他人的人、可以完全掌握自己命运的人，我希望她像一个自由人一样生活，并且比我做得更好。”

“哎呀，亲爱的，你说话的口气好像五十岁似的，就像你已经把你的一生都过完了一样。你千万不要灰心丧气。”

凯蒂摇摇头，慢慢地笑了。

“不是的。我现在已经有了希望和勇气。”

过去的已经都过去了，让死亡埋葬他们的死者吧。那是不是太无情了？她衷心希望自己已经学会了同情和仁慈。她不知道未来会发生什么，但她感到自己有力量以轻松愉快的精神面对一切。然后，突然，在不知所以的情况下，从她无意识的深处产生了一种回忆，那是她和可怜的沃尔特到瘟疫肆虐的城市去的经历，在那里他遭遇了死亡。一天早晨，天还没亮，他们已经坐在轿子上出发了，天一亮，她预感到了而不是看到了一幕令人叹为观止的美丽景象，在很短的一段时间里，她内心的痛苦得到了缓解。人类所有的苦难都变得微不足道了。太阳升起，驱散了薄雾，她极目远眺，在稻田之间，穿过一条小河，穿过座座乡村，他们将要走的路蜿蜒向前。如果她能沿着她现在隐约看到的那条路走下去，那么她的错误和愚蠢，或者她所遭受的不幸也许就不完全是徒劳的了。那不是滑稽的瓦丁顿所说的那条不通向任何地方的道路，而是修道院里那些可爱的修女们谦卑地走着的通向安宁的路。

图书在版编目（CIP）数据

面纱 /（英）毛姆著；罗鸣译 . —广州：
广东人民出版社，2024. 5
ISBN 978-7-218-17396-2

Ⅰ. ①面…　Ⅱ. ①毛…　②罗…　Ⅲ. ①长篇小说—英国—现代　Ⅳ. ① I561. 45

中国国家版本馆 CIP 数据核字（2024）第 042564 号

MIANSHA
面纱
[英] 毛姆　著　罗鸣　译

出 版 人： 肖风华

策划编辑： 周舰宇
责任编辑： 马妮璐
责任技编： 吴彦斌
封面设计： 杨西霞
封面图片： 鹿寻光

出版发行： 广东人民出版社
地　　址： 广州市越秀区大沙头四马路 10 号（邮政编码：510199）
电　　话：（020）85716809（总编室）
传　　真：（020）83289585
网　　址： http://www.gdpph.com
印　　刷： 北京文昌阁彩色印刷有限责任公司
开　　本： 880mm×1230mm　1/32
印　　张： 10　　**字　　数：** 176 千
版　　次： 2024 年 5 月第 1 版
印　　次： 2024 年 5 月第 1 次印刷
定　　价： 52. 00 元

如发现印装质量问题，影响阅读，请与出版社（020-85716849）联系调换。
售书热线：（020）87716172